Сквозная линия

Людмила Улицкая

# 女が嘘をつくとき

リュドミラ・ウリツカヤ

沼野恭子 訳

CREST BOOKS
Shinchosha

女が嘘をつくとき　目次

WOMEN'S LIES

by

Ludmila Ulitskaya



First Japanese edition published in 2012 by Shinchosha Company

Japanese translation rights arranged with Ludmila Ulitskaya,

c/o Elena Kostioukovitch International Literary Agency

through Japan UNI Agency, Inc., Tokyo.

Illustration by Tomoko Hirasawa

Design by Shinchosha Book Design Division

女が嘘をつくとき

# 序

女のたわいない嘘と男の大がかりな虚言とを同列に並べて考えることは、はたしてできるだろうか。男たちは太古の昔から謀《はかりごと》めいた建設的な嘘をついてきた。カインの言葉がそのいい例だろう。ところが女たちのつく嘘ときたら、何の意味も企みもないどころか、何の得にさえならない。

オデュッセウスとペネロペという一組の王族カップル。王国とは言ってもさほど大きくはなく、農家が三十軒ほどしかない小さな村だった。野外の家畜置き場にはヤギがいるが、鶏については一言も触れられていないから鶏はまだ家畜になっていないのだろう。王妃がチーズを作り、玄関マットを紡いでいる。失礼、紡いでいるのは玄関マットではなくベッドカバーだった。たしかに王妃は良家の出身だし、伯父は王になったし、いとこは例のヘレネー、古代を通じて最も苛酷な戦争を引き起こすきっかけを作ったあのヘレネーである。ちなみにオデュッセウスもヘレネーの求婚者だったが——なにしろ抜け目ない男だったので！——「得」と「損」を秤にかけたうえ、絶世の美女で道徳観の疑わしいスーパースターではなく、家庭的なペネロペを娶った。そのペネロペは、当時すでに流行遅れになっていた「夫婦の貞節」を年老いるまでこれ見よがしにひけらかして人々をうんざりさせることになる。その間「巧みなでっちあげ」で名を馳せ駆け引きや策略においては神にもひけを取らないオデュッセウス——女神アテナ自身にそう評されている——のほうは家に帰る振りをしていた。十年以上にわたってアイロンをかけるように地中海をあちこち船でめぐり、聖遺物を奪ったり魔女や王妃やその女官を拐《かどわ》かしたりしていたこの男こそ、太古の昔の「伝説的な嘘つき」ではあるまいか。車輪やオールや紡ぎ車は発明されていたけれど、良心というものがまだ発明されていなかった頃の話である。

結局は、神々がオデュッセウスをイタケーに帰すお膳立てをしてやることにするわけだが、それは、もし手を貸してやらなければ、オデュッセウスは運命にさからって自力で自分の村に帰ってしまうおそれがあり、そんなことになったらオリュンポスの神々は恥をかかされることになるからだ。

ところが、人を騙すと言っても昼間織ったものを夜ごとほどいて人目をごまかすくらいが関の山といったわれらが純朴なペネロペはだんだん年をとっていき、輝くばかりだった目は若くして涙で色褪せ、だれにも求められないうちにしなびてしまった胸に、炎症で関節の痛んだ手を押しあてて、並みいる求婚者たちを追いやっていた。求婚者たちに関心があるのは、どう考えてもペネロペの往年の魅力ではなく、小さいとはいえれっきとした王国の財産だけだったのだが……。馬鹿げた女の意地を張ったものだ。ペネロペは、しょせん嘘をつくことができないたちなのである。人を騙そうとしてもばれてしまう。それにしても雄馬のなかでもとりわけ欲張りな一頭と結婚させられる恐れがあるというのは、きちんとした中年の女性に対する侮辱であるにちがいない。

結局、オデュッセウスは望んだものを何もかも手に入れた。かつてトロヤの木馬に自分の身体を押しこんだように人間の文化の内実を自ら満たし、海という海に足跡を残して島々に自分の種を蒔き散らしたあげく、一切合切に見切りをつけ、王としてやるべきことをやるために頃合をみはからって愛しい故国に帰ってきたのである。運命によって引き合わされた人たち全員をオデュッセウスは欺いた。しかし運命そのものを欺くわけにはいかなかった。というのは、ある秋の日ひとりの若い英雄が、自分を捨てた父親を捜しだそうとしてイタケーの岸辺にたどり着き、人違いして実の父であるオデュッセウスに致命傷を負わせたのである。こうして、最後の話を飾るには生と死のはざまに小さな恥辱を残すことになってしまった。これもオデュッセウスの数ある伝説のひとつである……。でも、最後の最後には挫折するようあらかじめ決められていて死すべき運命の人間にはそれを避けるべくもなかったにしろ、大法螺吹きで冒険家で誘惑者のオデュッセウスは、何千年ものあいだ称えられる英雄なのである。嘘いつわりを思いつくのになんと長けていたことか！　他人の考えの道筋を前もってたどり、先回りしたり迂回したり出し抜いたり罠をしかけたりして敵を負かしてしまう！　魔女キルケまでもが兜を脱いだ。こうしてオデュッセウスは、賢い嘘を考え組み立てる偉大な男として人々の記憶に刻みこまれた。

ところがペネロペには何も残らなかった。じっと紡ぎ車の前にすわって何度も何度も紡いではほどいていただけで、ペネロペの嘘はその手仕事と同じくなまぬるく曖昧だった。何年にもわたって苦労したというのにその甲斐もなく、夫やいとこほどの大物にはなれなかった。

ペネロペには、女に特有の「嘘をつく」という気質が欠けていたのだろう。とはいえ、やはり実利的な男の嘘とは違って女の嘘というのはなんとも魅力的なテーマである。女は何をするにも男とは違う、別なふうなのだ。考え方も、感じ方も、苦しみ方も、嘘のつき方も。

本当に女の嘘ときたら！　もちろんここで話題にしているのは、ペネロペのことではなく、嘘をつく才知に恵まれた人たちだけだ。ひょいと、心ならずも、なにげなく、熱烈に、不意に、少しずつ、脈絡もなく、むやみに、まったくわけもなく嘘をつく。嘘のつき方はさまざまだが、そういう才を与えられた人というのは、話しだすと最初から最後まで嘘のかたまり。そこには魅惑、能力、無邪気さ、厚かましさ、創造的なインスピレーション、輝きがあふれかえっている！　打算も、利益も、謀を企てようなどというつもりも入りこむ余地はない。あるのはもっぱら歌のような、お伽噺のような、謎めいた話だけ。しかも謎解きの答えはない。女の嘘というのは、白樺やミルクやマルハナバチと同じ「自然現象」のようなものなのである。

病気に病因があるのと同様、嘘にも原因がある。遺伝的な素質があったり、なかったり。心臓癌のように珍しいものもあれば、水疱瘡のように蔓延するものもある。それに伝染病のような特徴を持つものもあるし、ある種の「社会的な嘘」となると突然ある集団——たとえば幼稚園や美容院や大部分の働き手が女性であるような職場――の女たちのほとんどが一斉にかかってしまうこともある。

というわけで、この問題を扱ったささやかな文学研究をお目にかけよう。とはいえ、その問題を全面的に解決しようとか、部分的であれ解決しようなどというつもりはない。

# 1　ディアナ

坊やはハリネズミそっくりだった。硬くて黒い毛がハリネズミの針みたいにつんつん生えているし、ちょっと長めの鼻は好奇心旺盛で先が尖っている。いつもひとりで何か嗅ぎまわるというおかしなクセもそうなら、優しくして撫でてあげようとしてもまるで寄せつけないところまで似ている。母親のキスももちろん受けつけない。とはいえ、母親のほうもどこから見てもやはりハリネズミ系で、息子に触れようとせず、砂浜から急な小径をのぼって家に帰るときでも手を貸してやろうとしなかった。息子は母親の前をえっちらおっちらよじのぼっていき、母親はうしろからゆっくりついていくだけで、息子が自分で雑草をむんずとつかんで体を引き上げ、滑り落ちそうになりながらのぼっていっても放っておいた。ふつうの保養客が利用する曲がりくねった平らな舗装道路は使わず、母と子はまっすぐ最短距離で家を目指した。まだ三歳にもなっていないのにとてもしっかりしていて自立心が強いので、母はときおり息子がほんの幼い坊やだということを忘れて大人の男のように扱い、助けてもらおうとか守ってもらおうとすることもあったが、しばらくしてはっと気づいて子供を膝の上に載せると、そっと揺すってやりながら「クルミ取りに行きましょう、クルミ取りに行きましょう」と言うのだった。坊やのほうは、母親ジェーニャの膝と膝の間でぴんと張っているスカートの裾にはまりこんで声をたてて笑った。

「サーシカはプターシカ（小鳥ちゃん）！」母がふざけて言うと。

「ジェーニカ（ジェーニャ）はペーニカ」子供ははしゃいで言葉遊びを返す。

こんなふうに丸一週間ふたりだけで大きな家のいちばん小さな部屋を借りて過ごした。他の部屋は綺麗に磨きあげられ、いつ保養客が来てもいいよう準備万端整えられている。五月の半ばで、保養シーズンは始まったばかりだったから肌寒く、まだ泳ぐには早すぎたけれど、そのかわり南国の草花は萎れてもいなければ色褪せてもいなくて、朝はいつもとても明るく澄んでいるので、たまたま夜明けに目が覚めてしまった初日から、ジェーニャは日の出を一度も欠かさずに見ていた。毎朝こんな素敵な見せ物が繰り広げられているなんて知らなかった。ふたりはとても楽しく仲睦まじく暮らしていたので、やんちゃで落ちつきのない息子を小児精神科医に診てもらって言われたことにもジェーニャは疑いを持つようになった。息子は暴れることもヒステリーを起こすこともなく、どちらかというと聞き分けがいいと言ってもいいくらいだった。とはいえ、そもそも「聞き分けがいい」とはどういうことなのかジェーニャがちゃんとわかっていればの話だけれど。

二週目に入ったある日の昼どき、家の前にタクシーが止まり、中から人がわさわさと降りてきた。まずは運転手が出てきて、何に使うのかわからない奇妙な鉄の器具をトランクから取りだしたかと思ったら、次にライオンのたてがみのような赤い髪をした大柄で綺麗な女、その後に体のかしいだお婆さんが続き、その平たい器具が車椅子に早変わりしてすぐさまそこに乗せられ、それからサーシカより少し年上の男の子、最後にこの家のオーナーであるドーラ・スレーノヴナがタクシーから降りてきた。ドーラはふだんよりそわそわしていて化粧が濃い。

家は丘の中腹にあるのですべてに対して斜めに傾いている。幹線道路が下のほうを走り、舗装していない別のでこぼこ道が敷地より高いところを通り、さらにもう一本横から合流する径があって、それが海へのいちばんの近道だった。そのかわりあたり一帯は素晴らしく整備されていた——敷地の中央には大きなテーブルが置かれ、実のなる木々が四方からテーブルを囲み、家は二棟《ふたむね》相対しており、シャワーを浴びる小屋、トイレ、納屋が、まるで芝居の舞台装置のように円形に配されている。テーブルの端の席についてマカロニを食べていたジェーニャとサーシャ（サーシカ）は、この円形の中庭に一行がどかどか入ってくると食欲を失くしてしまった。

「あら、こんにちは！」赤毛の女がそう言いながらスーツケースとバッグを乱暴に置き、ベンチにどしんと腰をおろした。「ここで一度も会ったことない新顔ね！」

するとたちまちすべてが然るべきところに収まった。つまり、ここでは赤毛が身内で主役、ジェーニャとサーシャは新参者で脇役というわけである。

「私たち初めてなんです」ジェーニャが謝るように言った。

「何事にも初めっていうのがあるものよ」赤毛の女は落ちつきはらってそう答えると、テラス付きの大きな部屋に行った。当初ジェーニャが借りようと狙っていたのにすげなくオーナーに断わられた部屋である。

運転手は専用装置に乗せてお婆さんを下のほうへ連れていったが、そのときお婆さんが蚊の鳴くようなか弱い声で何か言い、ジェーニャにはそれが外国語のように聞こえた。

サーシャが立ちあがり、もったいぶった自信ありげな様子でテーブルから離れた。ジェーニャは皿を片づけて台所に持っていく。どっちみちお近づきになるしかないわね。赤毛の女が現れてから夏の光景ががらりと変わってしまった。

男の子は、見たこともないほど細い色白の顔をしていて鼻が大きく高かった。男の子が赤毛の女に今度ははっきり英語とわかる言葉で話しかけた。でもジェーニャは、何と言ったのか聞き取れなかった。そのかわり赤毛の母親が「シャタップ、ドナルド」とぶっきらぼうに言ったのははっきりわかった。

ジェーニャはそれまでイギリス人というものを目にしたことがなかったのだが、この赤毛の家族は正真正銘のイギリス人のようだ。

あらためてきちんと知りあいになったのは、南の地方の感覚で言うなら遅い夜になってからだった。子供たちが寝つき、夕飯の食器も洗い終えて、ジェーニャは眠っているサーシャに光があたらないようランプにスカーフをかぶせて『アンナ・カレーニナ』を読んでいた。白い首筋に巻き毛を垂らし、フリルで縁取られた部屋着を女らしい肩に羽織り、ピアニストのような指に手縫いの赤いバッグを持った「女の中の女」の本格的なドラマを、いくつかの出来事が重なって壊れかけている自分自身の家庭生活と比較してみようと思っていた。

ジェーニャは、自分のほうからでしゃばって煌々と灯りのついたテラスに行き新しいお隣さんを煩わせるつもりはなかったのだが、向こうから来てマニキュアを塗った硬いツメで窓を叩くので、もうパジャマの上にセーターという格好だったのだけれど、出ていった。夜になると冷えるのである。

「『党の食品店』の前を通りかかって私が何したと思う？」赤毛の女が問いただすように訊いた。何も気の利いたことを思いつかないので、ジェーニャはぼんやり口をつぐんでいる。「『クリミア』を二本買った、でした。もしかしてポートワイン好きじゃない？ シェリー酒のほうがよかった？ 行きましょう！」

ジェーニャはアンナ・カレーニナを置き去りにして、緑と赤のチェック柄の毛足の長いポンチョというか肩掛けのようなものを羽織っているこの艶やかな女に、まるで魔法にかけられたようについていった。

テラスはひどく散らかっていた。スーツケースやバッグは口を開いたままで、よくもこれだけたくさん派手でカラフルな洋服が詰まっていたものだと驚くばかり。三つの椅子すべてとソファベッドとテーブルの半分に積みあげられている。折りたたみ式肘掛け椅子にすわっている母堂は、生白い小さな顔が少しばかり歪んでいるように見え、その顔には媚びるような微笑みが貼りついていたが、どうやらそのこともとっくに忘れられているようだ。

赤毛の女はタバコをくわえたままコップを三つ並べてポートワインを注いだが、最後のひとつは少なめにして母親の手に渡してやった。

「母のことはスーザン・ヤーコヴレヴナと呼んでくれてもいいし、別に何とも呼ばなくてもかまわない。ロシア語はぜんぜんわからないから。脳卒中を起こすまでは少し知っていたんだけれど、卒中でみんな忘れちゃったの。英語もね。覚えてるのはオランダ語だけ。子供のとき使っていた言葉よ。ほんとに天使みたいな人だけど、まったく頭は空っぽ。飲んでよ、スージー婆《グラニー・スージー》ちゃん、飲んで」

　赤毛の女がやさしい仕草で渡したコップを母親は両手で受けとった。興味があるようだ。この世のことを何もかも忘れてしまったというわけではないらしい。

　最初の夜は、赤毛の家族がこれまでたどってきた来し方が話題だったが、それは目も眩むほどまばゆいものだった。「頭は空っぽ」だというオランダ出身の天使は、若いころ共産主義に傾倒したが、運命を共にした相手はアイルランドの血を引く連合王国の人、英国軍将校、ソ連のスパイといろいろで、ソ連のスパイは逮捕され死刑を宣告されたが何か等価値のものと引き替えに、世界のプロレタリアートの祖国に送り帰されたという……。

　ジェーニャは耳をそばだてて聞き入り、いつのまに酔っ払ったのかもわからないほどだった。

　アイリーン・リリイは――なんて素敵な名前だろう！――両手を打ちあわせた。肘掛け椅子の老母は軽くいびきをかいていたが、やがておねしょがか細い筋になって流れでた。

「へたばらせちゃったのね。おまるに連れていくの忘れてた。まあ、こうなったらもう仕方ないわ」

そう言ってアイリーンはさらに一時間、人も羨むような家族の来歴を話して聞かせ、ジェーニャはますます酔いがまわったが、それは最後の一滴まで飲んでしまったポートワインのせいではもはやなく、この新しい知人にうっとり夢中になってしまったためだった。

ジェーニャとアイリーンは、起こされてぶるっと身を震わし何が何だかわからないでいるスージーを着替えさせ手早く身体を洗ってやり、夜中の二時過ぎにそれぞれの部屋に引きあげた。

翌日はせわしなく騒がしい一日だった。朝起きてジェーニャが朝食に燕麦のオートミールを煮てみなに振るまい、少年ふたりを散歩に連れだした。イギリス人少年ドナルドはロシア生まれだが、その系図がまた素晴らしく——父方のお祖父さんはとても有名な人だが、やはりスパイをしていてつかまってしまい、母方の祖父よりもさらにいっそう価値のある何かと引き替えに捕虜交換されたという——、ドナルド自身も滅多にいないようないい子だった。愛想がよくてしつけが行き届いているので、ジェーニャは赤毛のお母さんよりむしろこの子のほうが気に入ったくらいだ。落ちつきがなくて神経質なサーシャに対して、ドナルドはすぐに兄が弟に対するようにおっとり大らかな態度で接してくれるようになった。実際ドナルドのほうが年上で、もう五歳になっている。たちまち大人のような気高さを発揮し、精巧なダンプのミニカーをためらうことなくサーシャに貸し与えて荷台が持ちあがるさまを見せてくれ、飲み水を扱っている売店にたどり着くと——いつもこのあたりでサーシャがぐずりだすので、曇りガラスのコップに入った炭酸水を買ってやることになるのだが——、五歳の少年は、差しだされたコップを手で押し戻してこう言った。

「先に飲んで、ぼく、あとでいいから」

まるで「小公子」みたい。ジェーニャが家に戻ると、アイリーンはオーナーのドーラと中庭のテーブルについていたが、横柄なドーラが後から来たこの保養客にペコペコしているところからすると、アイリーンがここでかなり手厚く遇されているのがわかる。全員にオーナー手づくりの羊スープが配られたが、熱くてコショウが利きすぎていた。イギリス人少年はゆっくりスープを飲み、きわめて行儀がよい。サーシャの前にスープの入った深皿が置かれているので、ジェーニャはサーシャをそっと宥《なだ》めなければならないだろうと覚悟を決めていた。というのもサーシャは偏食が激しく、食べるのはカツレツとマッシュポテト、マカロニ、コンデンスミルク入りのオートミール……その他は何も食べようとしないのだ。これまで一度も。

ところがサーシャは、小公子の様子を見て、自分からスープにスプーンを入れた。そして、たぶん生まれて初めてだと思うが、自分の食事リストに載っていない食べ物を食べたのである。

昼食の後、子供たちが寝たので、女ばかりでテーブルを囲むことになった。ドーラとアイリーンは昨シーズンの思い出話に花を咲かせ、ジェーニャの知らない人たちや保養地での古い話をあれこれ面白おかしく語りあっている。スージーは肘掛け椅子にすわって笑みを浮かべているが、それは鼻と口の間にある茶色いホクロと同じくらい揺るぎなく場違いな笑みだった。ジェーニャはしばらくの間そこにいて、ドーラの上等なコーヒーを飲んでから自分の部屋に引きあげ、サーシャの隣に寝そべって『アンナ・カレーニナ』を読もうとした。でも昼間から読書するのは何だか行儀悪いような気がして、毛羽だった表紙の本を脇に置いてまどろんでいると、夢うつつにアイリーンと夜テラスにいる自分の姿が思い浮かんだ。ドーラ抜きで、ふたり差し向かいで。そしてポートワインを飲む。そうなったらどんなに素敵だろう。すると、まるで雲の上からかと思うほどはるか上から突然ある考えがひらめいた——赤毛のアイリーンがやってきた二日目から、人生の「大惨事」とも言える忌まわしい出来事を一度も思いださなかったのだ。あんなざらついた焦茶色のカニに身体の中から苦しめられるなんて……もうごめんよ、どっかいっちゃえ。あんなレンコンみたいなレンアイ、もうたいして気にもならない……。そして深い眠りに落ちたのだった。

　目が覚めたときはまだ相変らず雲の上にいる感じがした。それは、とっくに消えうせていた明るい気分がどこからともなく戻ってきたからだ。そこでサーシャを抱きあげズボンとサンダルを履かせて町に出かけると、メリーゴーラウンドがあってサーシャは大喜びで、メリーゴーラウンドの向かいが「党の食品店」だった。

「どうして『党の』なのかアイリーンに聞いてみなくちゃ」とジェーニャは思った。ポートワインを二本。その年はワインをめぐる状況がすこぶるよかった。まだゴルバチョフ書記長が節酒令攻撃を仕掛けていなかったし、クリミアの国営農場《ソフホーズ》や集団農場《コルホーズ》や個人農場でワインが生産されていた。ドライワイン、やや辛口のワイン、強化ワイン、マサンドラ・ワイン、ノヴォスヴェツコエ・ワイン、稀少ワイン……。そのくせ砂糖やバターや牛乳がなかった。でもそんなことは大事なことではないと言わんばかりに忘れられていた。

夜になり、またテラスでポートワインを飲んだが、ただお母さんは早目に寝かせることにした。中に連れていかれてもお母さんは逆らわなかった。たいてい頷くばかりで、わけのわからない言葉で感謝し微笑んでいる。とはいえ、たまに「アイリーン！」と叫ぶことがあるが、娘が飛んでいくと、きまり悪そうにはにかんでいる。どうして娘を呼んだのか忘れてしまっているのだ。

アイリーンは片肘をテーブルにつけ頬杖をついてすわっている。コップは右手に握り、トランプがテーブルじゅうに散らばっている。一人占い《バシャンス》の残骸だ。

「一ヵ月以上もだめなの。なんだかうまくいかなくて……。ジェーニャ、トランプ好き？」

「どういう意味？　子供のころ、祖父とババ抜きをしたことならあるけど……」ジェーニャは相手の質問にとまどった。

「そういうほうがいいかもしれないわね。でも私は好きなものだから……。ゲームもすれば、占いもする。十七歳のときある占い師が私に予言したの。忘れられるもんなら忘れたいけど、忘れられない。そうしたら何もかも予言どおりになっちゃって……占い師の言ったとおりなの」アイリーンはトランプを何枚か手に取って花模様の裏面を擦ると、表面を上に向けてテーブルに置いた。いちばん上がクラブの九になった。「これにはウンザリ。いつもつきまとってくる。どっか行ってよ。胸くそ悪い」

ジェーニャはしばらく考えてから聞き返した。

「ということは、いつでも先がどうなるかわかってるってこと？　それじゃつまらなくない？」

　アイリーンは黄色い眉をきっと上げた。

「つまらない？　そんなふうに思うのは何もわかってないからよ。つまらないどころか……。話せばわかってくれると思う」

　アイリーンは一本目のワインの残りをそれぞれのグラスに注ぎ分け、少し飲むとグラスを脇にやった。

「ジェーニャ、私がおしゃべりだってこと、もうわかったでしょ？　私、自分のことなんでも話しちゃって何も秘密にしておけないの。それに人のことも。覚えておいてね、念のために言っておくんだけど。でもね、これまでだれにも話してないことがひとつある。あなたが初めて。どうして話そうっていう気になったのかわからないけれど……」

　アイリーンはちょっと笑って肩を片方だけすくめた。

「自分でもびっくり」

　ジェーニャもテーブルに肘をつき頬杖をついた。ふたりは思いつめたような考え深そうな顔をして向かいあってすわり、まるで鏡を見るように互いを見つめあっている。アイリーンが不意に自分を選んで何か告白してくれる気になったことが、ジェーニャには驚きだった。それに自尊心もくすぐられる。

「母は美人で、ディアナ・ダービン[注1]そっくりだった。そう言ったところで通じるかどうかわからないけど。で、いつも馬鹿みたいだった。馬鹿みたいというより頭が弱いのね。私は母のこと大好きよ。でもね、母は頭の中がぐちゃぐちゃなの。共産主義者でありながらルーテル教徒で、そのうえマルキ・ド・サドの愛読者ときてる。持っているものをいつもすぐ人に全部あげちゃおうとするし、父はヒステリーを起こしそうになる。だって母ったら突然、一九三〇年にサン・ミシェル大通り、リュクサンブール公園近くの角で買った水着が今すぐ要るとか言いだすのよ……。父が亡くなったとき、私は十六歳で母とふたりっきりになった。父のことはちゃんと認めてあげないと。想像できないほど辛い時期にほんとによくやったものだと思う。母はからっきし何もできない無力だけが自慢のような人なんだもの。一日だって働けなかった。それも英語とオランダ語って母語がふたつもあって、ロシア語がちっとも覚えられなかったからなの。四十年もの間！　父は放送局で働いていたから、母だって雇ってもらうこともできたはず。放送局なら原則、ロシア語はできなくていいもの。それでも「こんにちは！」って言ったり「静粛に。録音中」って書いてあるのが読めないとね。母にはそんなことさえできなかった。父が亡くなるとすぐに私が働きに出たの。まったく教育を受けていなかったけれど、一流のタイピストよ、三ヵ国語でタイプできるんだもの……。

　それはさておき。予言のことに戻るけど。昔からの友達がいてね、イギリス人なの。二十年代からずっとロシアにいついちゃった人。ロシア系イギリス人の小さなコロニーのようなものがあって。もちろん私はそこの人たちはみんな知ってる。共産主義者もいれば、何かの理由で新経済政策《ネップ》の頃からロシアに住んでる空港整備員もいる。その旧友、アンナ・コークっていうんだけど、彼女は恋人がいてロシアに長居することになった。恋人は銃殺されたけど、アンナは運良く生き延びた。もちろん収容所で刑期をつとめあげたのよ。片足を無くしてね。家からほとんど出たことがない。英語を教えて、占いをしていた。占いではお金を受けとろうとしなかったけど、贈り物はもらっていたわね。彼女がいろいろ私に教えてくれて、私のほうも彼女のために尽くした。

あるとき私がアンナのところでぐずぐずしていたら、ひとり美人がやってきてね。どうも将軍か党関係者の奥さんっていう感じなんだけれど、子供が産めないっていう話だったか、養子をもらう相談に乗ってほしいっていう話だったか、まあそんなところ。で、アンナはいつもの自分流儀で、ひどく訛りのあるわけのわからない言葉で話すわけ。ロシア語は知ってるどころか、私たちが今話してるのと同じくらい話せるの、ほんとよ——収容所に八年もいたんだもの。でも、ここぞっていうところでひどい訛りが出ちゃうのね。ロシア語の卑猥な言葉を使って罵るときなんて、もう芝居みたいなんだから！　ところが、この美人に対しては「はい」でもなければ「いいえ」でもない、のらりくらり、占い師がよくやるような意味ありげな態度で——子供が生まれるんだか、生まれないんだか、いないほうがいいだとか……。

そのうち急に私のほうを振り向いて『あなたは五番目から始めるんだからね、覚えといて。五番目からだから』って。

私が五番目から始めるって何のこと？　わけのわからないこと言ってるって思っただけですぐに忘れちゃった。でも、そのうち思いだすことになったの」

アイリーンはまた顎を手のひらに沈めて物思いにふけりだした。その目はわずかながら生き生きとした輝きを帯びてネコの目のようだった。心地よさ、優しさ、かすかな不安……。

ジェーニャには、大事なこと、中身のあること、芸術、文学、生きる意味について話せる同級生が何人かいた。一九一〇年代のロシアのモダニスト詩人たちについて卒業論文を書き、博士論文のテーマは当時としてはかなりセンスのいいもので、一九一〇年代のモダニズム的潮流の詩人とシンボリストとの詩的な呼び交わしだった。ジェーニャはとびきり運がよかった。卒論の指導教官は高齢の女性教授だったが、まさにそういったロシア文学について自分の家のキッチンのように知り尽くしていたのである。アンナ・ヴェニアミーノヴナ教授といって、学生たち、とりわけ女子学生たちに崇拝されていた。教授はこれら詩人たちをただ話の上で知っていたのではなく、アフマートワ[注2]とはほとんど友達だったし、マヤコフスキー[注3]やリーリャ・ブリーク[注4]とはお茶を飲んだ仲だし、マンデリシュターム[注5]自身の朗読会を聞きに行き、生前のクズミン[注6]のことも覚えていた。ジェーニャ自身、教授の近くにいて有力な知人を得、人文系の知識人たちと付きあい、そのうち自分も影響力あるひとかどの人間になりたいと思うようになった。それにしても正直なところ、今夜のような俗悪なおしゃべりはこれまで耳にしたことがなかった。奇妙なのは、こんな俗悪な会話なのになんだか大事な、中身の濃い、とても生き生きしたものが感じられることだった。ひょっとすると、ここに悪名高き「生の意味」もあるんじゃないかしら？

ジェーニャは、あたりが静まりかえり窓外の暗闇で大きなイチジクの木が揺れ外灯の光がぼうっと震えているのを嬉しく思い、甘いポートワインに酔いしれていたが、そればかりでなく、自分の人生の大事な（本当に大事なのだろうか？）問題から一時的ではあれ解放された喜びに浸っていた。いつまでもしつこくまとわりついて解決できない問題なのだ。

アイリーンはテーブルのトランプを払いのけた——床に落ちたものもあれば、椅子の上に着地したものもある。

「母ったら、本を手に、朝から晩までソファに横になってキャラメルを舐めてるの。憂鬱症だったんだってこと今なら合点がいくわ。けれど当時の私に見えていたのは、母親が私の子供になっていく姿だけだった。そんなふうになったのは脳卒中になるだいぶ前だってこと忘れないでね。もちろんスプーンで食べさせるほどではなかったけど、お皿にスープをよそってあげないと、母は三日だろうと何も口にしないでいた。それで、早く自分の本物の子供を作らなくちゃって思ったの。自分の母親の母親になるなんてまっぴらご免だもの。そうすれば、母もせめておばあちゃんになってくれるだろう、ベビーカーを押してくれるようになるかもしれないって思って。いちばん手近にいた人とすぐに結婚したの。近所の男の子よ。ハンサムだけど、どうしようもないノータリン。妊娠して、九ヵ月は大きなおなかを勲章みたいに思ってた。妊娠中毒だ、つわりだ、血圧だって言うじゃない？　妊婦にはあとどんなことがあったっけ？　私にはそういうのがぜんぜんなくて。ぎりぎりまでタイプライターに向かって仕事して、そこから直接産院に行ったの。最後までは打ち終わらなくて人に任せたけど。というか、さっさと産んで、それから赤ちゃんと一緒に戻ってきて仕上げればいいかななんて思って。ところがそうはいかなかったの。ヘソの緒が巻きついて赤ちゃんの首を絞めたの。助産婦は若いし、医者はずんべら坊。うっかり私の赤ちゃんを死なせちゃったのよ……。せめて、ふつうの産婆さんだったらよかったのに……。でも私は十八歳のぼんくらだった。指を折って数えててね。これでまず私の一人目の赤ちゃんが死んだ。デイヴィド、父親にちなんでそう名づけたかった。母乳はほとばしるわ、涙は滝のように流れるわ」

アイリーンは目を細めてじっとジェーニャを見つめ、話を続ける意味があるかどうか推し量っているようだ。

「サーシャもヘソの緒が巻きついてたの」ジェーニャは衝撃を受け、小さい声で言った。ヘソの緒が巻きついたら赤ちゃんはとても危険だということは知っていたが、本当にそれが原因で子供を亡くした母親を見たのは初めてだった。九ヵ月もの間ずっと赤ちゃんのために尽くしてきたヘソの緒が突然、首を絞める馬鹿げたヒモになるなんて……。

「二ヵ月後、また身ごもった。私の性格を知らないでしょうけれど、私はね、何か欲しいって思ったら土の中からだってほじくり出す人間なの。またおなかが大きくなったけれど、もう前ほど朗らかじゃいられなくて、吐き気がしたり、おなかが張ったり、しびれたり。でも気にしないようにして、元気に振る舞ってたけどね。夫はとんでもないアホで、自動車整備工だった。さっきいちばん手近な男と結婚したって言ったでしょ。稼いだお金、全部飲んじゃう奴よ。外見はアラン・ドロンみたいなんだけど、もっと背丈があったわね。私は一所懸命デスクワークでタイプを叩いて、苦労してかなりお金を稼いだ。スージーのための『バルバリス』[注7]を買えるくらいは稼いだわね。

初めの子は男の子だってちゃんとわかってた。で、今度は、私としては女の子の心づもりだった。おなかがどんどん大きくなると、ただもう女の喜びを感じるようになって、小金を稼いでは『子供の世界』デパートに行ったものよ。ちっちゃなソックス、ベビー肌着、カバーオール……。どれもソ連製でやぼったくて粗末だけどね。私はやんちゃ坊主みたいに育って、塀にぶら下がったりするお転婆だった。両親は最初、偽名を使ってヴォルシュスクという町に住まわされた。私が自分の本名を知ったのは十歳になってからよ。両親が機密保持者のリストからはずされたら、母のお姉さんが初めて小包を送ってくれた。その中に人形があったんだけど、私はそういうのが大嫌いで、女の子になりたくなかった。スカートをはかせられると、わんわん泣いたものよ。胸が大きくなり始めたときは、もう少しで首を吊るところだった」アイリーンが背筋を伸ばすと、女らしい大きな胸が首から腰まで揺れた。

ジェーニャはアイリーンを見てかすかに嫉妬を感じた。この人、すごい経歴の持ち主なのね。様子からすると、自分のすごさがわかっているみたい。

「生まれた女の子は美少女もいいところ。最初の最初から。新生児っぽいところがまるでなかったわ。粘々したものもついてないし、赤くもなければ、ざらざらしたところもない。目は青、髪は黒くて長かった。これは整備工譲りね。顔立ちは私と瓜二つ。鼻も私なら、顎も、楕円形の顔かたちも私にそっくりだった」

ジェーニャは初めてアイリーンの顔を見るような気がした。鮮やかな赤毛に目を奪われて、彼女が美人だということがすぐにはわからなかった。たしかに楕円形の顔かたちも、鼻も、顎も綺麗。歯だって、他の人だったら馬の歯みたいに見えるところだけれど、アイリーンのはイギリス人の歯ね。長くて白くて、少し出っ歯だけれど、それがちょうどいい具合に、何かを待ち受けて迎えにいくといった感じに唇を盛りあげている。

「私はあの子を見てすぐにディアナという名前にしようって思いついたの。それ以外あり得ないと思った。あの子小さくて、とても格好がよくて、足の長い女らしい体型だった。お尻もきゅっと締まってて。世界でいちばん綺麗な子だった。いえ、親馬鹿の思いこみじゃない。だれもがディアナには溜め息をもらしたわ。産院を出て三日後には整備工を家から追いだしてやった。目障りなだけなんだもの。あいつが初めてディアナを腕に抱いたとき気づいたの、あの子には別の父親が要るって。問題は私じゃなかったのよ。私はまだ女になってなかった。整備工とはうまくいかなかったのに、私はそんなこともわかっていなかった。あいつがディアナを腕に抱いたとき初めて、でくの坊だってわかった。だから気づかせてくれたのは娘なの。頭がよくておとなしかった。あんな素晴らしい女には——笑わないでよ！——生まれてこのかたお目にかかったことがない。あの子は、だれにどういう態度を取ったらいいか、だれから何を求めたらいいかよくわかってた。想像できるかしら、あの子がどれほどスージーに思いやりをもって接していたか。あの子をおばあちゃんに預けても、泣かないの。泣いても意味がないってわかってたのね。生まれて四ヵ月くらいで本を読んでやるようになった。気に入ると「うん、うん、うん」って言って、気に入らないと『いや、いや、いや』って言うのよ。六ヵ月になるころには何でも、ほんとに何でもわかって、十ヵ月のころにはしゃべりだした。ひと月ほどわけのわからないことをばぶばぶ言ってたけど、突然『ママ、ハエが飛んでる』って言ったの。見るとほんとにハエだった。

　私は長いことおっぱいをやってた。母乳はずっと出てたし、あの子は胸が大好きで、ぴったりくっついてちょっと吸うと、手で胸を撫でて『ありがと』って言うの。あるとき私がインフルエンザにかかって熱が四十度を超えたの。すっかり消耗しておっぱいをやることもできなくなった。友達が駆けつけてくれて、凝乳《ケフィール》や粥《カーシャ》をディアナに食べさせようとした。もう一歳近くだったからね。あの子は私のところに来たがったけど、うつるといけないから近づいちゃいけないって言われて、小さな部屋から『ママ、わかんない！』って叫んだ。スージーも倒れた。いったいどういうわけであんなに感染力の強い菌があらわれたんだか、私の友達はみんな次から次へとやられちゃって。何にも覚えてない」

　アイリーンは強い光をさえぎろうとでもするみたいに両手で目を塞いだ。髪がその顔をほとんどおおっている。ジェーニャはもう見当がついていた。これから何か恐ろしいことが起きるのだ。いや、そのとき起きたのだ、と。それでも少し希望をつないでいた。

「それから起きあがってディアナのところに行ったら、身体が熱いの」アイリーンは話をつづける。その鼻孔や蒼白いまぶたが赤くなったことにジェーニャは気づいた。

「お医者を呼んだ。抗生物質の注射を打たれてね。二本打たれたところであの子にアレルギー反応が出たの。身体中に発疹。そうよ、私の娘だもの。私自身もアレルギー体質なの。私が処方されてるのとまったく同じ精神安定剤があの子にも出た。ただし二十分の一の量だった。私の症状はますますひどくなって、熱は相変わらず四十度、ときどきすうっと意識がなくなるような感じ。正気に戻るとケフィールをディアナにやる、ケフィールを母にやる。ときどきだれかがやってきては帰っていった。お医者がすぐにも入院しろっていうから喧嘩になった。だれか友達が現れては消える。近所の人ね。覚えてるのは、整備工が酔っ払ってのこのこ姿を現したこと。追い払ってやったわ。

起きあがって、寝ぼけた状態でディアナをおまるにすわらせて、着替えさせて、薬を飲ませた。ほんとにいい子。鏡から顔をそむけて『だめ』って言うの。顔の発疹がいやだったのね。

包みがまったく同じだったの、ジェーニャ、私とあの子の精神安定剤は。どれくらいあの子に与えたかわからない。しかも時間の流れ方がいつもと違った。なにしろ四十度も熱があるんだから、時間もへったくれもないわけ。朝だか夜だか区別もつかない。でもディアナに薬を飲ませなくちゃというのだけはしっかり覚えてた。十二月だったから、外は一日中真っ暗。十二月二十一日、冬至のその日、起きあがってディアナのところに行って身体に触ったら冷たいの。熱が下がったんだなって思った。常夜灯がついていてて、見るとお顔が真っ白なの。発疹はもうなかった。起こさないで、私も横になった。しばらくしてからまた起きあがってそろそろ薬を飲ませなくちゃって思った。そのときになって初めて気づいたの、私の可愛いディアナが死んでるって」

ジェーニャは、映画でも見るようにその場面を目の前に思い浮かべた。白いネグリジェを着たアイリーンがベビーベッドにかがみこみ、やはり白いベビー服を着た女の子をベッドから抱きあげようとしている。ただ女の子の顔が見えないのは、輝くばかりの赤毛に遮られているから。この赤毛は今も生きて波打ちきらめいているというのに、ディアナはもういないのだ……。

　ジェーニャは泣けなかった。心のなかで何かが苦い塊のように固まってしまっていて、涙がもう流れないのである。

「あの子は私のいないあいだに葬られたの」アイリーンがジェーニャの目を残酷なほどまっすぐ見つめるので、ジェーニャは「まあ、こんなひどいことが起こっているというのに、私ったらつまらないことにばかり気を取られて」と思った。

「私は脳膜炎になって三ヵ月あちこちの病院に入院してた。それから歩くこともスプーンを手に持つこともまったく一からやり直した。私ってネコみたいにしぶといのね」アイリーンは痛ましい声で笑った。

　本当にアイリーンの声は独特で、一度聞いたらけっして忘れられない。ハスキーで柔らかく、自分を抑えている歌手の声なのではないかと思うほどだ。もし抑えないで歌ったら、きっとあまりに素晴らしくてだれもがおいおい、しくしく泣きだし、セイレーン[注8]のような美声の命じるほうに走っていってしまうのではないかと思うような声だった。

　ジェーニャは、その歌が素晴らしいにちがいないと思っただけでたまらなくなって泣きだした。アイリーンの話を聞いて感じたひりひりするほどの辛さが、とめどない涙となってほとばしった。アイリーンが香水の匂うレースの白いハンカチを渡してくれ、ジェーニャはそれをすぐさまびしょ濡れにしてしまった。

「生きていたらもうすぐ十六歳。どんな外見で、どんなふうにしゃべったり歩いたりしたか、ほんとにはっきりわかるの。背丈、格好、声――そういうのが全部ほんとにはっきりわかる。どういう人が好きで、どういう人と付きあわないかとか、食べ物は何が好きで何が嫌いか、わかっちゃうの」

アイリーンが間を置いたので、ジェーニャは、彼女がじっと見つめている闇の隅に女の子が立っているような気がした。華奢で、青い目と黒い髪をした、でもまったく目には見えない女の子……。

「あの子がこの世でいちばん好きなのは絵を描くことよ」部屋の隅で濃くなっていく闇から相変わらず目をそらさずにアイリーンは話を続ける。「あの子が画家になるよう定められているっていうのは、三歳のときからわかってた。あの子の描く絵は狂気を帯びていて、七歳になるころには何よりもチュルリョニス[注9]の絵に似てたわ。その後、絵は力強くなっていったけど、神秘的で優しいところはそのままだった」

『気がふれている』ジェーニャはそう判断した。『本物の狂気。赤ちゃんを亡くして気が変になったのね』

でも声に出しては言わなかった。アイリーンが笑いだし、銅製の針金のような髪を揺すったので、彼女の髪が鳴りだしたのかと思った。

「まあ、そう思いたければ、気がふれていると思っていいのよ。ただし、どんな狂気にも筋の通った説明ってものがあるでしょ。あの子の魂の一部が私の中に生きてるのよ。ときどき急に何かに捕われて、ものすごく絵が描きたくなるので描くんだけど、それは私のディアナが描いているようなもの。モスクワに帰ったら、ここんとこずっと溜めてきたディアナの絵が何束もあるから見せてあげる」

ポートワインはとっくに飲み終えていた。夜中の三時を過ぎてから、ふたりは別れた。すっかり語り尽くし、付け加える言葉はもう一言もなかった。

翌朝はみんなで長い散歩に出かけた。郵便局に行ってモスクワに電話をかけ、それから海岸通りにある羊肉入りピロシキの専門店でお昼を食べることになった。ピロシキの人を惹きつける匂いにつられて食べたら、きっと厄介なことに赤痢に似たおなじみの胃腸炎になってしまうだろうとジェーニャは思ったが、望むらくは、サーシャが最小限の食べ物しか載っていない自分の食事リストを守って、ぷーんといい匂いのしている三角形のピロシキに手をつけないでくれることだった。ところが、サーシャは「はい」と言って、自分の神聖なリストにない食べ物をまたしても食べたのである。これでもう二度目だ。

ポートワインを飲みながら過ごす夕べは、少なくともこぢんまりした集まりとしてはおしまいになり、翌日にはアイリーンの友達がふたりやってきた。そのうちのひとりヴェーラはジェーニャもよく知っている女性で、海浜《プリモルスカヤ》通りのこの場所を教えてくれたのが他でもないそのヴェーラだった。アイリーンとふたりだけでこれ以上親しくなるのは無理だと思うと、今からもうちょっとがっかりだった。

最後の夕べはいつもより始まるのが遅かった。サーシャが長いこと駄々をこねてジェーニャを放そうとしなかったからだ。寝たと思ったら目を覚まし、ぐずぐず言ってはまた寝入りそうになるので、添い寝をしていたジェーニャはついうとうとして、アイリーンが十一時をまわったところで窓を叩かなかったら、スカートにセーターという格好のまま朝まで寝てしまっていただろう。

そしてふたたびクリミアのポートワイン二本に窓外の暗闇。今回は外灯もともっていないが、それはこの日停電だったからで、まさにこういう場合のためにとモスクワから持ってきていた太い蠟燭が二本テラスを照らしている。スージーとドナルドはだいぶ前から部屋で眠っており、アイリーンはテラスで例の赤と緑のチェック柄の肩掛けにくるまって深い肘掛け椅子にすわり、トランプを目の前に散らしていた。

「これ『断頭台への道』っていうフランスの古い占い。一年に一度以上はできない占いなの。それなのに今ここにいてあなたを待っていたら、ほら、できたでしょ。これは、家とか時間とか、この場所なんかを表す印。部分的にはあなたのことも表してる。もっともあなたの場合は、別の自然力からくる別の庇護者がいるけどね」

ジェーニャは、神秘的なことに対しておぼろげな憧れを抱いてはいたものの、迷信を鵜呑みにするような態度は少し恥ずかしく思っていた。それでも気を大きくして質問してみたら、その質問を待ち受けていたようだ。

「私の自然力って何なの？」

「バス停から水が見える。水の自然力ね。詩は書かない？」アイリーンはてきぱき質問してくる。

「書いていたことはあったけど。そもそも私の卒論は二十世紀初めのロシア詩なの」ジェーニャは照れくさそうに打ち明けた。

「私には見える。魚たち。詩人の気質……。水の中に住んでいるところが見える」

ジェーニャは驚いて口をつぐんでいた――星座でいうと、たしかに魚座なのだ。

「二十歳のときにね、ジェーニャ、私は死んだ子供ふたりの母親になったでしょ」前の日に切りあげたちょうどその話から何の前置きもなくアイリーンは始めた。「その後二年経つあいだに、どうやって生きていったらいいか学んだわ。助けてくれる人がいた。救いがないわけじゃないもの」アイリーンは片手でいくぶん空のほうを指すような曖昧なジェスチャーをした。

「その後、宿命の人と出会ったの。作曲家でロシアの貴族。革命でフランスに亡命して戦後戻ってきた家族で。私より十五歳年上。なのに、おかしいと思うでしょうけど、一度も結婚したことがない人だった。とはいえ、女性遍歴はすごく派手だったけどね。彼のお父さんは革命が起きるまで大臣の友達で、一時国家議会の議員だった人。私の先祖はイギリス・オランダ出身の共産主義者たちだから、ある意味で正反対なわけよ。なのに彼のお父さん、ワシーリイさんっていうんだけど――苗字は言わないでおくわ、ロシアではあまりに有名だから――、私の父に外見も内面もそっくりなの。共産主義者はともかく嫌われ者だった。でも、実家が共産主義でも私のことは受け入れてくれてて。というか、どうしようもなかったんでしょうね。だって私とゴーシャは気が変になるほどお互いに惚れあって、すぐに抱きあい、ゴーシャは翌朝には私を結婚登録所に連れてったんだから。彼は、もう決まり、あとへは引けないって思ったんでしょう。こうして私の第二の人生が始まったわけだけど、過去の生活から残されたものは何もなかった、母以外はね。わかってもらいたいのは、母がそれこそ何にも気づいていなかったっていうこと。でもね、脳卒中の後だからそうだったんだなんて思わないでね。脳卒中で倒れる前の話なのよ！　母はほんとに何も気づかなくて、ときどき二番目の夫のことを最初の夫の名前で呼んだりしてたけど、ゴーシャも私も笑っただけ。彼はフランスとイギリスで教育を受けた人だった。家族でロシアに帰ってきたのは一九五〇年代で、しばらくは流刑生活だったんですって。まあ、わかるでしょ、よくある話よ。私たちが知りあったのは、彼の家族がようやくモスクワに住民登録して、ベスクドニコヴォの二間のアパートをもらえた年。デカブリスト[注10]の子孫ということでね。アルシタ(クリミア半島にある都市)郊外の別荘《ダーチャ》とモイカ通りの家と交換したの」

　イギリス出身のロシア人スパイの娘と、亡命先のパリで生まれたデカブリストの子孫という滅多にない特別に考えだしたようなふたりが、いったいどういう秘密の法則で互いに出会う運命だったのだろうかという考えが、まだはっきりした形にならないもののぼんやりジェーニャの頭に浮かび、アイリーンにそのことを言いたくなったほどだが、アイリーンの鷹揚として深遠とも言える話を遮るのは気が引けた。

「私はすぐに妊娠したの」アイリーンはジェーニャにではなく、遠くの空間にほほえみかける。

「夫のゴーシャは、それまでに私がすでにふたりも子供を失っていたということを知らなかった。子供たちのことは隠してたの……夫に同情されたくなかったから。この世でいちばん幸せな妊娠だった。おなかがすごい勢いで大きくなって、ゴーシャは毎晩私のおなかに耳を押しつけた。

『何に耳をすませてるの？』って私が聞くと、『ふたりで何を話しているのかなと思って』って言った。生まれてくるのは双子だって信じてた。

最後のほうになると、お医者さんたちが心臓の音がふたつ聞こえるって診断した。で、私は可愛らしい男の子をふたり産んだの。ひとりは赤毛、もう一人は黒髪。ふたりとも三キロちょっとあった。信じようと信じまいとかまわないけど、ふたりは最初からお互いのことを嫌ってて、親も二分しちゃったの――赤毛のアレクサンドルは私を選んで、黒髪のヤコフはゴーシャを選んだ。ものすごく大変だった。ひとりが寝ると、もうひとりが叫ぶ。ひとりに食べさせていると、もうひとりがくたくたになるほど泣きわめく、もう食べさせてもらったのによ。そのうち嚙みあったり唾を吐いたり喧嘩したりしはじめて。ひとりが立つと、もうひとりがすぐさま押し倒す。一瞬もふたりだけにしておけなかったわ。でもふたりを引き離すと、お互いのところに行きたがる。相手を見つけるとそちらに駆けよって、キスしてすぐに喧嘩を始める。あの子たちは、なんだか特別な抜き差しならない関係だった。私は子供たちと英語で話し、ゴーシャはフランス語で話しかけてたの。話せるようになると、言葉も分かれちゃった。アレクサンドルは英語、ヤコフはフランス語で話すようになったの。まあ、自然なことよね。ふたりの間はロシア語。でも、わざわざそういうふうに教えこんだんじゃないかなんて思わないで。みんな自分たちで選んだんだから。あの子たちに無理矢理何かさせるとか強制することなんてできなかった。夫と私はあの子たちの様子を見てていい気分になったものよ。だって、私たちが受け継いだものなんだもの、わがままで強情なこの性悪な遺伝子って。

私たち、一年中プーシキノに住んでた。冬用の別荘を借りて、グラニー・スージーも一緒に連れて引っ越したの。母は、当時はまだけっこうまともな状態だった。まだ小説が読めたんだもの。母がいてもね、わかるでしょ、ぜんぜんなんの得にもならないし、何の助けにもならない。ようやくゴーシャが音楽専門学校の先生に雇ってもらえて。作曲クラスよ。こんな仕事には、超資格過剰《スーパー・オーヴァー・クウォリファイド》だったけどね。ゴーシャならほんとは音楽院で教えたっておかしくないんだけど。でも西欧で教育を受けたことで反発を食らったんでしょう。ときどき映画音楽を作ってたけど、おおかたの収入は通訳の稼ぎだったし、私は前と同じくタイプ打ちよ。私が仕事を家に持って帰ると、ものすごく怒ったけどね。彼にはおんぼろ車の『モスクヴィチ』があって、それに乗ってモスクワまで行っては、帰ってきていつも修理してたわね。考えてみれば、利口な車だった、だっていつも家のそばまで来てから調子がおかしくなるんだもの。私たち、すごく幸せだったけど、へとへとに疲れては倒れたものよ。

春になって花が咲きはじめると私はいつも病気になった。アレルギーなの。その春はとくに咲き方が激しかったらしくて、私はずっと喘いで息が苦しかった。雨が降っている間はなんとかかんとか薬で抑えられたんだけど、その後、暑くなって二日目、ほんとに呼吸困難になっちゃったの。クインケ浮腫っていう症状よ。いちばん近い電話は郵便局にあるし、その頃のプーシキノでは、救急車はダチョウと同じくらい珍しかった。それでゴーシャは、真夜中なのに子供たちを起こして大急ぎで着替えさせ、車のうしろの座席に乗せた――スージーには子供たちを預けられない、面倒見られないだろうってことで。真夜中に起こされたのに子供たちは珍しく言うことを聞いて喧嘩もせず、後ろの座席で抱きあってた。それからゴーシャは私を家から連れだして前の座席に乗せて、地元の病院めざして車を走らせた。猛スピードだったの、私が息も絶え絶えで、顔色は茹でたビーツみたいに真っ赤だったから」

アイリーンは目を閉じたが、まぶたはぴったりくっついておらず、ドアの下から光が差しこむように細い隙間ができている。アイリーンが気を失ったのではないかとジェーニャは思い、飛びあがって彼女の肩を揺さぶった。アイリーンは我に返ったようだ。例の独特な歌うような声で笑いだした。

「それでおしまいよ、ジェーニャ。全部話した。浮腫がひどくて私は何も目に入らなかったし、何も感じなかった。ダンプカーがぶつかってきたのも見ていなかったし、衝撃そのものも感じなかった。生き残ったのは私ひとりだったの。手術台に載せられたとき、クインケ浮腫はきれいさっぱりなくなってたんだって。衝突したときに消えたのね。まったく信じられないような話だけど。でも私は生き残ったの……」

アイリーンが頭の右側の髪を持ちあげると、耳の後ろから頭の上のほうにかけて深い傷跡が一本滑らかに走っている。ジェーニャはわけもなくその傷を指でなぞった。

「まったく感じないの、その傷。私って医学的に珍しいケースなんじゃないかしら。感覚がゼロに近い。たとえば指を切っても気がつかないの。血が流れているのを見て初めてわかる。危険よね、でも便利なところもある」
アイリーンは、椅子の上に置いてあるバッグに手を伸ばして中からマッチ箱三つくらいの大きさの細長い箱を取りだし、そこから太い針を出すと、親指の付け根の真っ白い皮膚に突き刺した。針は身体の中にスムーズに沈んでいく。ジェーニャは叫び声をあげた。アイリーンは笑いだした。

「とまあ、こんなふうになったわけ。感覚を失っちゃったのね。事故のあった三週間後に、夫も子供もいなくなったって言われたときちょうどこんな感じだった」アイリーンが針を抜くと、小さな血の雫が現れた。アイリーンは舐め取った。「味覚もほとんどなくなっちゃって。塩辛い味と甘い味の違いはわかるんだけど、それ以外はだめね。今はただ、いろんな味の違いが感じられたときの記憶が残っているだけなんじゃないかってときどき思う」

アイリーンは残りのワインを注ぎわけると、音をたてて肘掛け椅子を押しのけて立ちあがった。この居室がドーラの領地のなかでいちばん快適だ。テラスの他に玄関近くには独立した台所があり、アイリーンはそこにさほど多くはないがワインの予備をしまっている。明日友達が数人来るのでそのために買っておいたワインが六本あった。彼女はそこに行き暗いなかで長い間手探りしていたが、やがてシェリー酒を持ってきた。

ジェーニャは昨日のうちに涙をすべて流してしまったらしく、どういうわけかまる一日経ったのに新しい涙が出てこなかった。喉はからからに渇き、鼻がぴりぴりしてむずつく。

「イギリスの魔女アンナ・コークは正しかった。ドナルドは私の五番目の子だもの。五番目から始めるってアンナが予言したとおりになったわけ」

まず闇が薄らぎ、それから灰色になって、鳥たちが鳴き始めた。物語が終わったときにはもうすっかり夜が明けていた。

「コーヒーでも淹れる?」とアイリーンが聞いた。

「いえ、ありがとう、いらない。少し眠るわ」ジェーニャは自分の部屋に戻り、顔を枕に埋めた。寝入る前にこう考えた。「私の生き方ってなんて馬鹿げているんだろう。そもそも生きているなんて言えないくらいだわ。ひとりの人に愛想を尽かして別の人を愛したっていうだけで、たいしたことじゃない。私にも人生のドラマがあるだなんて、まったくね……。かわいそうなアイリーン。四人も子供を亡くしたなんて」ジェーニャはとりわけディアナを強くかわいそうに思った。青い目で長い足のディアナ。生きていれば十六歳になっているはずのディアナ……。

夕方モスクワから一団がやってきた。ヴェーラと二番目の夫ワレンチン。ワレンチンが最初に結婚した前妻がニーナだが、そのニーナも、ワレンチンとの間に生んだ上の息子と一緒に来た。それればかりか、二度目の結婚でできた下の娘ふたりも連れてきていた。ヴェーラには子供がふたりいて、下の息子はワレンチンとの子で、娘のほうはだれの子だかわからない、というか他のみなが知らない最初の夫との間に生まれた娘だ。言うなれば、仲睦まじい現代的な家族である。

セックス革命はすでに終焉に近づいていて、二番目の結婚は一番目の結婚より絆が強く、三番目の結婚こそが本物の結婚といった具合になっているのだ。

ドーラの中庭はさまざまな年齢の子供たちであふれ、近隣の人たちが塀越しに右からも左からも覗きこんでドーラのことを羨ましがった。だれよりも早く一ヵ月も前から保養シーズンを始めて、二ヵ月も遅くシーズンを切りあげるなんて、いったいドーラはどうやってうまくやっているんだろうと。もう何年もこうだった。それがすべてアイリーンのおかげだということが近所の人たちにはわからない。アイリーンの行くところにはすぐに人が集まり、まるで集団農場《コルホーズ》と花火のようなのである。そのうえブラジャーからはみ出た乳首や、ヘソやお尻の見えるビキニが五月一日のメーデーさながらの行進をするのだ。クリミアの人々はそんなものを見たら、こんな恥知らずな売女どもに部屋なんか貸してやるものかと思いそうなものだが、欲が勝《まさ》ってそうは思わないのだった。

ドーラ自身が経営しているのはペンションのようなもので、「ベッド・アンド・ブレクファスト」ではなく「寝台と昼食」といった感じのサービスだった。ドーラの夫は「第十七回党大会」という名称のサナトリウムで働く運転手で、バスを運転して保養客を迎えにシムフェローポリに行ったり食料を調達したりしている。ドーラは常連客に食事を出し、地区の警務主任や税務職員に袖の下をつかませても痛くも痒くもないというくらい一シーズンで稼いでいた。

最初の三日間はつつがなく過ぎた。三人の子供の母親であるニーナはきわめて家事が上手で、女性らしく生活の切り盛りをして居心地のいい家庭的な雰囲気を作りあげた。あらゆるところにカーテンが掛けられ、花瓶があちこちに置かれ、床掃除が終わると、ニーナはスケジュール表を作った。それによると、毎日ふたりの母親が子供たちの面倒を見ている間に、あとのふたりが朝から買い出しに行き、残り時間はのんびりしようということになった。

四日目の朝、新しいスケジュール表によると、ジェーニャとヴェーラが休む番だった。ふたりはこんな計画を立てた。まず両方の家族に物資を配達するというお務めを果たしてモスクワに帰るワレンチンをバス停まで送っていき、それから運が良ければ牛乳を買い、それから少し遠出をして、ボールも子供たちも金切り声も叫び声もない大自然の中で散策をしようという計画だ。だいたいそのとおりことが運んだ。ヴェーラの夫を見送り、店に配送されてなかったので牛乳は買えなかったが、街道を通って丘のほうに出かけた。丘にはピンクや薄紫色のギョリュウの花が満開で枝をふわふわ覆っており、そのあたりから若い草と甘い土の匂いが漂ってくる。

ふたりはもう街道からそれていた。小径は昇りだったが、無理をせず楽に歩けた。特別な会話をしていたわけではなく、なんとなく、どうでもいいような言葉を交わしていた。

それからあちこちにアカシアが生えているところまで来て、弱々しい葉が頼りない影を作っているところに腰をおろしてふたりはタバコを吸った。

「アイリーンのことは昔から知ってるの？」もう何日も経つのにいまだこの赤毛のイギリス女性の波瀾万丈の人生から目を離すことができないジェーニャはヴェーラに尋ねた。アイリーンの運命に比べたら、アンナ・カレーニナの古風な自殺が色褪せて見え、貴婦人のつまらないわがままのように思えてくる。愛しているかしら、愛していないのかしら、蔑んでいるのかしら、口づけしてくれるのかしらって思い悩んでばかりいて。

「同じ中庭のアパートで育ったの。アイリーンのほうが一学年上。アイリーンと仲良くしちゃいけないって言われてた。不良だったからね」ヴェーラは笑った。「でも私はアイリーンが好きだった。ほんと、だれでも好きになっちゃうの。アイリーンのところにはいつもわんさか人がたむろしてた。スーザン・ヤーコヴレヴナは脳卒中になるまでは、それは素敵なお母さんだったわ。私たちお母さんのことをバルバリスって呼んでたの、いつもいつも子供たちみんなにキャラメルをくれた」

「悪夢のような恐ろしい運命よね」ジェーニャが溜め息まじりに言った。

「アイリーンのお父さんのこと？　スパイしてたこと？　どういう意味？」ヴェーラはちょっと驚いているようだ。

「いいえ、子供たちのこと」

「子供たちって？」ヴェーラはますます驚いている。

「ディアナとか双子とか」

「ディアナって？　何のこと言ってるの？」

「アイリーンが亡くした子供たちよ」ジェーニャはそう説明しながら、恐ろしい予感がしていた。

「ねえ、もう少し詳しく言って。アイリーンがいったいどんな子供たちを亡くしたっていうの？」ヴェーラが眉を上げた。

「デイヴィド、出産のときにヘソの緒がからまって死んだ最初の子。それからディアナが死んだのは一歳のとき。その後何年かして自動車事故で作曲家のご主人と双子のアレクサンドルとヤコフも亡くなって……」ジェーニャは数えあげた。

「……なんてこと……」ヴェーラが愕然として言った。「いったいいつそんなことが起こったわけ?」

「まあ、知らないの?」今度はジェーニャがびっくりする番だった。「デイヴィドを生んだのは十八のとき。ディアナは十九のとき、双子はその三年くらいあとじゃないかしら」

ヴェーラは吸い終えたタバコを消し、新しいのに火をつけた。湿ったタバコはなかなか火がつかなくて、ヴェーラが煙をすぱすぱ吐きだしている間、ジェーニャは痙攣したように新しい箱を振ったが、中からは何も出てこなかった。

ヴェーラは黙ったまま苦い煙を吸いこんでいたが、やがて口を開いた。

「あのね、ジェーニャ、がっかりさせちゃうかもしれないけど。それとも喜ばせることになるのかしら。私たちがペチャートニコフのアパートを出てちりぢりになったのは十年前だから一九六八年。そのときアイリーンは二十五だった。この頃までに、数えれば星の数ほど恋人がいたし、たぶん十回は堕胎してると思うけど、子供はひとりも——誓ってもいいわよ!——ぜったいひとりも生んだことない。夫だってそうよ。ドナルドが初めての子だけど、一度も結婚したことなんてないから。でも恋人にはずいぶん有名な人がいたわね。ヴィソツキー[注11]ともロマンスがあったし」

「じゃ、ディアナは?」ジェーニャは間の抜けた質問をした。

ヴェーラは肩をすくめた。

「私たちずっと同じアパートの上と下に住んでたのよ。私が気づかないなんてことあると思う?」

「じゃ、自動車事故で負った頭の傷は?」ジェーニャはヴェーラの肩を揺さぶったが、ヴェーラは力なく身をかわした。

「傷が何なの、傷がどうしたっていうのよ? あれはスケートリンクでできた傷。コーチク・クロートフが『ナイフ』を持っていたの、スピードスケート用の靴のことよ。アイリーンが転んでコーチクがその『ナイフ』で頭の上を走ったの。血がものすごくたくさん出た。ほんとに危うく殺されるところだった。アイリーンは頭を縫ったの」

ジェーニャは最初泣いていたが、しばらくすると気が変になったように笑いだし、それからまた大声で泣いてしまった。それからふたりは、持っていたタバコの箱が両方とも空になるまで吸い続けた。ようやくわれに返ったジェーニャは、これほど長時間サーシャと離れていたのは初めてだったことに気づいた。ふたりは急いで家に向かった。ジェーニャがアイリーンの作り話をすべて話して聞かせると、ヴェーラは張りあうかのように本当の話をしてくれた。ふたつの話が一致したのは、最も本当らしくないところ——アイルランド系イギリス人共産主義者のスパイとしての過去に関するところで、死刑宣告を受けて祖国のスパイと交換されたことだった。

家の近くまで来たとき、ジェーニャは自分がもぬけの殻になったような気がした。子供たちはもう夕飯を終え、行儀よく大きなテーブルでロト遊び（読みあげられた数字のカードを伏せていく遊び）をしていた。子供用のロトなので、数字の代わりにカブやニンジンやミトンが描いてある。ロトのカードにしがみついていたサーシャは、母親のほうに手を振って「やった！　ぼくのウサギだ！」と言い、自分の手元にあるカードの上にウサギの絵柄を重ねて置いた。息子は同じような子供たちに囲まれて対等に振舞っており、どこから見ても遅れていなかったし、病気でもなければ、とくに神経質でもなかった。

他の大人たちはアイリーンのテラスにいてシェリー酒を飲んでいる。スージーはいかにも幸せそうな顔でグラスから酒をちびちびなめている。ヴェーラはテラスに行き、他の人たちに混じって腰をすえた。

ジェーニャは自分の部屋に戻った。テラスから自分を呼ぶ声が聞こえてきたが、「頭が痛いの」と部屋から大きな声で答えた。ベッドに横になったが、こういうときに限って頭は痛くならない。でも自分で自分を何とかしなくちゃ。何か行動を起こさなくちゃ。そうしたら、またワインを飲んだり友達とおしゃべりしたり、モスクワに残っているもっと教育があって頭のいい別の友人たちと付きあうこともできるようになるかもしれない。

子供たちがロト遊びを終えた。ジェーニャはサーシャの足を洗ってやり、寝かせて灯りを消した。友達のだれかに、さっきよりも大きな叫び声に近いささやき声で呼ばれた。

「ジェーニャ、ピロシキ食べに来たら！」

「サーシカがまだ寝ないから、あとにする」同じく芝居がかった声でジェーニャは答えた。

暗がりの中で横になり、自分の心の傷を調べてみると傷は二重だった。ひとつ目の傷は、存在したことのない子供たち、素晴らしく上手にでっちあげられ無慈悲に殺された子供たち、とりわけディアナに必要もないのに同情してしまったこと。まるで切断された足が痛むように、存在しないものをかわいそうに感じたことである。この痛みは幻覚ではないか。何よりも始末が悪いのは、かつて一度も存在したことがないという点だ。ふたつ目の傷は、意味のない実験をされた馬鹿なウサギのような自分自身が情けないこと。あるいはこの実験には何らかの意味があるけれど、どういう意味なのか理解することができないというだけなのか……。

またたれかが窓を叩いた。名前を呼ばれたがジェーニャは返事をしなかった。アイリーンがどんな表情を浮かべるか想像できない。嘘がばれたことにすぐ気がつくかもしれないし。それに彼女がどんな声をするかだって想像できない。それにその気まずい恥を目の前にしたときに自分自身が感じる気まずさだって想像できない。ジェーニャは眠らずにテラスの灯りが消えるまで横になっていた。消えてから起きだし、壁についている小さなランプを灯して、スーツケースに手当たり次第どんどんものを詰めていった。きれいなもの、汚れ物、玩具、本。サーシャのゴム長靴だけは間に合わせに汚れたタオルでくるんだ。

早朝ジェーニャとサーシャはスーツケースを持って家を出た。バス停に向かったが、その先どこへ行ったらいいのかわからない。モスクワに戻ろうか……。ところがバス停まで来ると、そこにたった一台止まっていたのは、戦前のではないかと思えるほど古びたバスで、「新しい《ノーヴイ・》世界《スヴェート》」行きと書いてあったので、そのバスに乗って二時間もすると、まったく別の場所に着いた。

海のそばに部屋を借りて、そこでさらに三週間過ごした。サーシャの態度は申し分なく、ジェーニャも医者もあれほど心配したヒステリーの発作は一度も起こらなかった。水際を裸足で歩き、浅瀬を走って、裸足のかかとでばしゃばしゃ水を蹴った。よく食べよく眠った。サーシャもさしあたり成熟の境界線のようなものを踏み越えたようだ。ジェーニャと同じく。

新しい世界《ノーヴィ・スヴェート》はじつに素晴らしかった。フジも咲いていたし、山がすぐそばまで迫り、借りた家のすぐ裏手から石ころだらけの山がそびえていて、登っていくと二時間で頂上に着く。日本式にきちんと整備された頂上で、そこからは、さほど深くない湾や天地創造の昔より海から突きでているという古代ギリシャの名を持つ岩を見おろすことができる。

それでも、ときおり急に心臓を締めつけられることがあった。アイリーン！　どうしてアイリーンはあの子たちをみんな殺してしまったんだろう？　とりわけディアナを……。

注1　ディアナ・ダービン（一九二一―）はカナダ出身のハリウッド女優。『オーケストラの少女』（一九三七）に主演して国際的に有名になった。
注2　アンナ・アフマートワ（一八八九―一九六六）はマンデリシュタームとともに、明晰な詩作を目指すアクメイズムを主導したロシアの詩人。
注3　ウラジーミル・マヤコフスキー（一八九三―一九三〇）は未来派の詩人。ロシア革命を受け入れ、

急進的な芸術運動を展開したが、自殺。
注4　リーリャ・ブリーク（一八九一—一九七八）はオシプ・ブリークの妻で、マヤコフスキーの恋人。
注5　オシプ・マンデリシュターム（一八九一—一九三八）はアクメイズム派の詩人。スターリンを批判したとされる作品で流刑、獄死する。
注6　ミハイル・クズミン（一八七五—一九三六）はシンボリズムを脱してアクメイズム運動の先駆的な存在となった詩人。
注7　和名「コトリトマラズ」という植物。赤い実をスパイスとして用いる。健康に良いとされる。
注8　ギリシャ神話に登場する、美しい歌声で航行中の人を惑わし遭難や難破をさせる、人間と鳥を合わせた生き物。
注9　ミカロユス・チュルリョニス（一八七五—一九一一）はリトアニアの画家、音楽家。
注10　一八二五年に専制政治打破と農奴制廃止を求めて蜂起した貴族の将校たち。
注11　ウラジーミル・ヴィソツキー（一九三八—一九八〇）は俳優、詩人、歌手。独特のしゃがれた歌声でソ連の停滞時代、圧倒的な人気があった。

## 2　ユーラ兄さん

夜になると下流から風が吹きのぼってきて、女たちのスカートをまくりあげたり足を冷やしたりし、朝方には雨が降りだした。牛乳売りのタラーソヴナがその朝搾ったばかりの牛乳を三リットル瓶で持ってきてくれ、ジェーニャに「今日雨が降ったら四十日は続くよ、だって今日はサムソンの日[注1]だからね」と言った。ジェーニャは信じなかったけれど、「でもひょっとして本当にそうなったら？」と思うとがっかりした。夏が始まってからずっと四人の子供の面倒を見ている。そのうちふたりは自分の子サーシャとグリーシャ、預かっているあとのふたりは親戚のように親しくしている子供たちで、洗礼のとき代母を務めてやった「名づけ子」のペーチャと友達の息子チモーシャである。四人とも八歳から十二歳の少年で、ちょっとした部隊のようだった。ジェーニャは男の子なら上手にあしらうことができる。男の子は気心が知れているし、遊びも言い争いも喧嘩も予測できる。

雨は本当に長引きそうな気配で、四十日続くかどうかは今のところわからないが、空はどんどん雲におおわれ、雨がぽつぽつ小止みなく降っている。雨になる一週間前、別荘《ダーチャ》のオーナーが自分の十歳になる娘ナージャを連れてきた。ナージャは南方のキャンプに行くはずだったのだが、キャンプ場が火事で焼けてしまったという。

この子がロマともインド人とも違うぴちぴちした美しく浅黒い肌をしているのでジェーニャは目をみはった。きっと南ロシア地方特有の美しさなのね。不思議なのは、顔が大きくてがさつなクマのような母親からよくもこんな上品な若芽が生まれてきたということ。母と娘に共通しているのはたったひとつ、筋肉質の堅太りのところだけ——とはいえ異常なほどではなく田舎でよく言う「福々しい」太り方だった。

まだ天気のいい間は、ナージャがいても軌道に乗った生活が変化することはまったくなかった。少年たちはネフェドフスキー森のはずれに三つ目の掘っ立て小屋を造っていて、朝から森に出かけ、シートン=トンプソン注2の描いたイラストにあるとおり、インディアンの法則にのっとって木を切ったり束ねたり編んだりした。ナージャは一緒に森に行きたげな素振りを見せたが、無言のうちにきっぱり拒否されてしまった。少女はとくにめげた様子もなかったとはいえ、少年たちが身のほどをわきまえるようこう言った。

「ユーラはね、私の兄さんだけど、去年木の上に小屋を造ったんだよ。兄さんは十四歳だけどね」

ナージャは地元の子ではないが、だからといって保養客とも思われていなかった。家屋は先祖代々受け継がれ死んだ親戚のものになっているが、その親戚もナージャの母も同じマロフェーエフという苗字だ。ナージャの母親もモスクワっ子である。ナージャはこのあたりの住人たちを大人から子供までみな知っていて、朝からあちこちの家をまわっていたかと思うと、昼ご飯には遅れずに戻ってきて、ジェーニャに言いつけられるわけでもないのに汚れた食器を大量に洗い、驚くほどてきぱき綺麗にしてくれる。それからまた出かけて隣近所をめぐり、今度は夕食に戻ってくるのだった。

三日目になると、この家に滞在している男の子たちはこれ見よがしに見下されたにもかかわらずナージャに関心を持っているということがわかった。でもナージャは少年たちに腹を立てるでもなければ、丸一年近くほったらかしにしていた村の仲良しの女の子たちと夢中になって遊ぶでもなかった。それどころか、もう少年たちにもまとわりつこうとしなかった。ただ一度だけみんなと一緒に生物学研究所へ出かけたことがあったが、それはジェーニャが大学時代の友人を訪ねるついでに子供たちを連れていったときのことだった。その友人は、ネフェドフスキー森の奥深くにかれこれ十年も住んで鳥その他の動物を観察している変人だが、鳥以外の動物たちは、彼の大好きな鳥たちにエサを提供してくれることもあれば、死をもたらすこともある。そうしたすべての種類を調べたり数を勘定したりし、自然や気候の様子を綿密に事細かく書き留めているのだ。彼のもとには、やはり自然を愛する若い自然科学者や先輩たちが暮らしていて、キツツキを担当している者もいれば、アリ担当の者も、ミミズ担当の者もいる——それぞれに特別な関心を持っている対象があって、みな観察日誌をつけているのだ。じつはジェーニャが夏の間この別荘を借りることにしたのは、息子たちを自然科学者に預けて、自分はハンモックにでも寝そべって本を読み、うまくいかない私生活について思いめぐらせようという思惑があったからだった。

でも、そうは問屋が卸さなかった。サーシャとグリーシャは自然の中の生き物には目もくれず、田舎の人のように浅い小川で泳いだり、自転車で走りまわったり、遠くにあるトリーフォノフ池まで行ってそこで釣りをするのに夢中だった。釣りと言っても興味があるのはもっぱら大きさや重さばかりで、どんな種に属しているかとか柔らかい腸にうごめいているのは何という回虫かといったことは気にも留めない。ペーチャとチモーシャが連れてこられてからは、掘っ立て小屋を建てるという大がかりな事業に取りくむようになった。

生物学研究所に行く道すがら、ナージャはひっきりなしにぺちゃくちゃおしゃべりしていたが、少年たちに何を話しているのかジェーニャはたいして気にかけていなかった。森を知り尽くしているナージャはみなを連れて道から逸れ、三十メートルほど行ったところにある古いシェルターに案内した。戦争のときからあるシェルターで、いまだに下生えに覆い尽くされていない。ここで戦闘がおこなわれ、地元村民は二ヵ月の間ドイツ人の占領下に置かれたのだ。その生き証人がまだたくさんいる。

「カーチャ・トルファーノワおばさんなんてね、ドイツ人の子を産んだんだよ」とナージャは言い、村じゅうが知っているいきさつをもう今にも話すつもりでいたようだが、ジェーニャが会話を別のほうへ持っていった。同じく「生きた自然」に近い話題でも植物の生態に関するものに注意を向けさせ、キノコがびっしり生えた白樺の古い木を指さして、丁寧に切りとってごらん、たぶん、薬用のカバアナタケってこれのことだから、と言うと、少女はとても勘がよく、ジェーニャが話を遮ったのはわざとだとわかったらしく、男の子たちが折りたたみナイフで石のように硬いキノコを切りとっている間に、声をひそめて根気よくカーチャおばさんのこと、宿営したドイツ人野郎のこと、その結果生まれたコースチャ・トルファーノフのことをジェーニャ相手に最後まで話した。

ジェーニャは話を聞きながら、男の子と女の子ってこんなにも違うのねと思い、驚いていた。ジェーニャの家族は圧倒的に男性優位で、母にも男兄弟、ジェーニャ自身にも弟がいて、次世代も男の子ばかり、女の子はひとりも生まれてこなかった。でも、女の子は勘弁してほしいわね。こんな生意気な小さなおしゃべりが娘だったら、ああ、きっと頭をぴしゃりとひっぱたいちゃう。

「それでね、コースチャは兵隊さんの務めを終えても、もう帰ってこなかったんだって。カーチャおばさんは、それでよかったって言ってる。ここにいたら、しょっちゅう『ドイツ野郎』って馬鹿にされるけど、コースチャはいい人だし、村でいちばん頭いいもん。でもユーラはね、私の兄さんだけど、兄さんはだれのことも馬鹿にしたことないの。だって強くて頭がよかったら、人をからかう必要なんかないもん。そうでしょ？　人を馬鹿にしたら、そいつがいちばん馬鹿よ」

このとき、ナージャの瞳は暗く賢い光を放ち、声にも唇の端にもコースチャへの偽らざる同情があり、歩きながら両手を振り振り、田舎じみたところのない誇り高いスペイン人のような仕草をした。苛立ちも消え、ジェーニャは笑って言った。

「もちろん、人を馬鹿にしたら、そいつがいちばん馬鹿よね」

それでもやはり少女は魅力的で、いかにもすばしこくでこぼこ道を進み、轍をたやすくぴょんぴょん右に左にと飛び越え、傷んではいるが子供っぽくない上品な靴で軽やかに歩いた。まだまったく幼くて、腕が赤ちゃんのようにぷっくりしていて、身体はセルロイドのキューピー人形のように丸々としているのに、バレリーナのようなジャンプをする。

「あと、聖なる泉にも案内できるけど、キリャコヴォの向こうだから行くのに二時間はかかる」とナージャは持ちだし、眉間に横皺をよせながら、お客さんたちに案内できるのは他にどこだったっけと深く考えこんでいたが、そのうち思いだした。

「鉄道をわたって、林道をわたったあっち側に、修道院の離れがあるよ、見せてもらったことある。クマが冬ごもりするところもあるし。ここにはクマが……」言葉に詰まったナージャは真に迫っている。「昔はクマがいっぱいいたんだって。私は見たことないけど、ユーラはね、兄さんは見たの。でもずいぶん前だって」

それからナージャは男の子たちの仲間入りをし、ジェーニャは彼女のよく響く声をずっと聞いていた。ナージャは何かを見つけたり有頂天になったり女の優越感を感じたときにおかしな抑揚をつけるくせがある。注意して耳を傾けているうちにわかったのは、ナージャと少年たちの間には何の会話も成りたっていないということだった。ナージャは頭に浮かぶことをそのまま口にしているだけだし、男の子たちは、ベースキャンプで釣り針が借りられるといいなあとか、ここら辺の動物学者のおじさんがどこで釣りをするか知りたいなあなどといった自分たちのことばかり話している。それでも、たまにサーシャやチモーシャの質問がナージャに向かって不意に飛んでいくことがある。

「ナージャ、それどこ？」

「ナージャ、だれが言ったの？」

世界中のどこでも起こっていること、ジェーニャ自身の身にも起こっていることが、年端もいかない子供たちの間でも起こっているのがジェーニャにはわかった——だれかがだれかを愛していたり、愛していなかったり、嫌ったり、キスしたり……。

一週間もしないうちに、場を仕切っているのが最年長で才気あふれるサーシャではなく、笑ってばかりいるおしゃべりのナージャだということにジェーニャは気づいた。そう思いあたったのは、ちょうど予報どおり雨が降ってきたときと重なっている。こうなると外に出るのは億劫だし、造りかけの掘っ立て小屋は森の中で濡れて魅力が失せてしまい、子供たちは雨が止むのを待って家の中に閉じこもるようになった。それまで使わなかった大きな暖炉に朝から火をおこそうということになった。停電になったときは、台所の小さなレンジとガスボンベでしのいでいた。別荘シーズンが始まったときジェーニャでさえうまく扱えなかった大きな暖炉にナージャが火をおこせるということがわかった。ナージャはまず煙突のようなものを掃除し、自在蓋を開けたり閉めたりして、それまで換気ができなかったところの風通しをよくした。そして村に伝わるやり方にしたがって白樺の皮をあれこれ工夫して小さな焚き火を作った。何度かやっているうちにようやく火がつき、白樺の皮などのまわりに農家の屋根のような形に積まれた木片や、暖炉の奥のほうにある太くて大きな薪にまで燃えうつった。その後、食事に長い時間をかけてキセーリ（果物を砂糖で煮てとろみをつけたもの）とクッキーのデザートまで食べ終えると、ナージャが食器を集めて夏の台所小屋に下げに行き、ジェーニャに言った。

「ねえ、このままにしておかない？　夕ご飯の後でまとめて全部私が洗うから」

ジェーニャはそうしようと言った。彼女とて油ぎった盥《たらい》に浸かっている皿をせっせと洗おうという気にはなれなかったので、自分用のソファーベッドとサイドテーブルと本しか置いてない小さな部屋にいそいそと引きあげた。横になり、どうして私の私生活ってこううまくいかないんだろう、まただめになっちゃってとしばらく思いを巡らせたが、この十年間ずっと煩わされてきたこの考えを押しやって、才気あふれる本を手に取った。読みやすいわけではないが、なんだか不思議な勘が働いて読まなくちゃいけないと思う本だった。メガネをかけ、ページの余白部分にクエスチョンマークをつけるため細い鉛筆を構えたが、雨の降っているときに木造家屋で奏でられる素晴らしい音楽を聞いているうち、たちまち寝入ってしまった。それは何層もの音から成る音楽だった。雨の雫が葉にぽたぽた落ちる音、ガラス一面にあたるそれぞれの雨音、風の向きがわずかに変わるたびに聞こえる柔らかい音の波、樽に入った黒々とした水の表面に雫が落ちてぴちゃぴちゃいう音、樋を流れる水の際立つ音。そして最も危険なのは、雨漏りのする屋根裏部屋に置かれた盥の底に雫が落ちて、最初は大きく響いていたのにやがて鈍くなっていく雨音である。

ジェーニャが目を覚ましたとき、子供たちはテーブルについて、ぎこちなく指を広げてトランプを握っていた。いちばん年下のグリーシャは嬉しくて顔を輝かせている。僕も入れてもらえたよ！　トランプの「馬鹿遊び」だったが、ナージャが考えだしたルールにしたがって、負けた者が「お話」をすることになっていた。それは、みなの要望に応じて、面白い話、怖い話、楽しい話をしなければいけないというもの。ナージャがちっとも本当らしくない手の込んだ作り話をまくしたてている。去年の夏、映画の撮影でスペインに行ったら馬をもらったんだけど、その馬、前は闘牛に出ていたけど神経症になっちゃって映画スタジオに移ってきたの、といった具合だ。さらにナージャと馬の関係、厩《うまや》の馬丁《ばてい》やその娘との関係に話が膨らんでいった。馬丁の娘はなんとサーカスの若い曲芸師だったのだが、他でもないこの娘ロシータがよりによってナージャを外国公演に連れていきたいと言いだした。というのもナージャは、乗馬ではロシア最高の学校に通っていて、馬術競技全般だったか、それともこの貴族的なスポーツの何か一種類だったかでモスクワ・チャンピオンだからだというのだ。

ジェーニャはこの大法螺《おおぼら》吹きの少女をたしなめようと思ったが、第一に、子供をしつけるのは第三者ではなく両親でなくてはいけないと考え、原則として他人の子のしつけには口をはさまないことにしていたし、第二に、ナージャの嘘はとても愉快でどこか独創的なので、遠くから質問するだけにした。

「ねえナージャ、どういうわけでスペインに行くことになったの？　聞いてなかったけど」

「私、スペイン語学校に行ってるんだけど、冬にスペインの人たちが私たちの学校に来て、学習プログラムのためとか言って女の子を三人選んだの。私たち、別にどうってことないやって思ったけど、ぜんぜんそうじゃなかった、本当のところは……。まあ、そういうわけで行ったの」

その後、オープンサンドとヨーグルトで夕飯にし、ナージャは先ほどの約束を忘れずに守った。母親のだぶだぶのレインコートを羽織りゴム長靴を履いて、離れたところにある夏専用の台所に食器を洗いに行った。

翌朝は強い降りではなくなり小雨に変わったが、止みそうにない。ひどく重い病気が小康状態になって長引き、なかなか治りそうもないのに似ている。この長引く雨は本当に決められた儀式のように四十日続くのかもしれない。ということは、当面いつまでも続くということだ。もうこうなったら雨降りでも生活できる術を身につけなくちゃ。そう考えたジェーニャは眠気を追い払うと、子供たちに濡れてもいい服に着替えて駅までパンを買いに行ってきてと命じた。

ナージャは、他の子たちのためを思ったわけでも合理的に考えたわけでもないだろうが、すぐさま「私ひとりで行ってくる」と申し出た。雨の中みんなで行ってびしょ濡れになることないじゃない？　ところが、男の子たちがひとり残らず「僕も行く！」と間髪容れずに叫んだので、結局、問題はなくなり一団で行くことになった。ジェーニャはなぜかお金をナージャに、買い物袋をサーシャに渡した。子供たちが帰ってきたのはお昼近くだったが、ずぶ濡れのうえ気が高ぶっている。パンを買う行列に並んでいたら、隣村で人殺しがあったという情報をナージャが地元のお婆さんから仕入れたため、帰り道ずっとみんなでこの事件について話しあってきたという。お昼ご飯の用意をして待っていたジェーニャにまたひとわたりナージャの話が聞こえてきた――今度は犯罪者の心理についてだ。少女の考えでは、鳥たちを観察したりシジュウカラだか何だかがヒナに何回虫を運んでくるか数えたりしているあの生物学者たちのように、事件のあった家の中庭でじっと待ち伏せしていれば、必ず犯人を捕まえられるという。なぜなら犯人というのはいつでも犯罪現場に戻ってくるものだからというのだ。その後、ナージャがその方法で三年前に殺人犯を捕まえたという物語が添えられた。ジェーニャは隣の部屋にいたので細かいところまでは聞き取れなかったが、それでも多少は耳に入ってきた。話に登場したのはモンタージュ写真、黒いジャンパーと子羊皮《ラムスキン》の耳付き帽の男、それに犯人逮捕に協力したご褒美にナージャがもらったというメダルである。

『驚いたものね』ジェーニャは考えた。『たしかに男の子だって嘘はつくけれど、いつも必要に迫られてのこと。罰を受けたくないときとか、しちゃいけないってわかりきったことをして隠そうとするときとか……』

正直言ってナージャは宝物のような存在だ。しじゅう仲間たちのためにやることを考えだし、屋根裏からユーラ兄さんのものだという古い遊び道具を引っぱりだしてきてくれる。一度など、このあたりの地形を描いた手製の地図が出てきたので、一日半もの間みんなでこもって一所懸命描き写し、雨が止んだらすぐ詳しく調べに行こうということになった。それにしても、ユーラという子はなんて魅力的にこの地方を描きだしていることだろう。その後三日間は、ナージャが思いついた「惑星」という名のゲームをした。各自がそれぞれの惑星を決めて人口や歴史を考えるという遊びだが、この嘘つき少女ったらいったいどこまで才能があるんだろうと驚くばかりだった。思わず褒めると、ナージャはアニメのキャラクターみたいな笑い方をして、嬉しそうに言った。

「これ、ユーラ兄さんが思いついたの！」

宇宙ゲームを始めて四日目だったか、戦争が起こった。チモーシャの惑星「チモフェイ」が、ペーチャの考えだした惑星「プリムス」に宣戦布告したのだ。サーシャとグリーシャの兄弟は当面中立を決めこんでいたが、ナージャの兄ユーラの名前とナージャ自身の名前を合成して作った惑星「ユールナ」は「プリムス」に協力するつもりになっていて、そのためジェーニャの息子たちの気高い中立が危うくなっている。

隣の大きな部屋から、飛行物体、ロケット、宇宙船その他あれこれについて議論する声がジェーニャのいるところまでとぎれとぎれに聞こえてきたが、ジェーニャは取り立てて耳をすましているわけではなかった。もっとも、ふと静かになったなかでナージャの声が響いてからは耳をそばだてた。

「その円盤はね、UFOっていうんだけど、うちの畑めがけて飛んできて、空中でぴたりと止まったの。とっても低いところだった。で、おなかのあたりから三本光線を出したのね。三本が地面でひとつになったと思ったら、あっというまに地面を溶かしちゃった。すぐママを大声で呼んだらママが飛びだしてきたけど、そのときにはちょうど光線を引っこめて、あっちの森のむこうに飛んでいっちゃったんだ。一昨年のことで、それからその場所には草が生えないの」

ここで急にジェーニャはものすごく腹が立った。ナージャの嘘はたわいないものだけれど、それでもやっぱり有害よ。やっぱりお母さんとちょっと話しておかないと。どこか病的なだけなのかしら。あんな可愛い子なのに、どうして嘘ばかりついているんだろう？　もしかして精神科医に診てもらわなくちゃいけないんじゃないかしら？

ナージャのお母さんはこの家のオーナーで、土曜から日曜にかけて来るはずだったので、ジェーニャはそのとき必ず話をしようと思った。

金曜の朝、突然雨が止んで強い風が吹きはじめ、夜になるまでずっと続いた。夕方、雨雲がすっかり吹き払われると、青みがかった銀色の澄んだ空が現れた。消えかかった夕焼けの名残りをとどめている。いつも村のはずれで家畜の群を迎える牛乳売りのターラ・ソヴナが、自分の子供ノーチカを連れて村道を歩いてきて、ジェーニャたちのいる家のそばで立ち止って言った。

「ほら、降るだけ降ったら今度はちょっとばかし晴れたね」

「でも、四十日続くって言ってたじゃない？」ジェーニャは食い下がった。

「そんなのだれが数えるもんかね。今の時期は雨ばかりじゃ困るだろ。まったく困るよ。明日の分は三リットルかい？　それともどれだけ要るかね？」

そういえば明日はオーナーが来る日だと思いあたり、ジェーニャはターラ・ソヴナに牛乳を五リットル置いていってと頼んだ。

翌朝ナージャは、お母さんを迎えにバス停に行こうと少年たちを誘い、十時にはもうみんなで停留所に立っていた。うだって汗びっしょりの赤い顔をしたオーナーのアンナ・ニキーチシナは、巨大なバッグをふたつ抱えて昼ご飯間近にやってきた。中身がぱんぱんに詰まっているバッグのひとつを、サーシャとチモーシャが取っ手をひとつずつ持って運び、もうひとつのバッグをペーチャとグリーシャが持とうとしたのだがとても無理だったので、母と娘がやはり取っ手をひとつずつ分け持って運んだ。

アンナ・ニキーチシナは大らかな性格で、ここに住んでいたこともあるが、もうかなり前からモスクワの外交サービス部《ウポデカ》でいいポストについており、外国人上級外交官家族の掃除、洗濯、料理の監督や世話を一手に引き受けている。部下は女性ばかり百人はいるだろう。実入りのいい責任の重い仕事で、間違いは許されない。でも彼女は頭がよくて如才なく、上層部に庇護者がいた。ジェーニャはそういった詳しいことは知らなかったので、バッグに入っていたものを彼女が出し、この世のものとは思えない食べ物をテーブルいっぱいに並べたとき、言葉に言い表せないほど驚いてしまった。だからすかさずグリーシャが「宇宙の食べ物みたいだね」と言ったのである。

それに飲み物も。缶入り、小さな壜入り。オレンジ色の粉末は、水で溶かすだけで炭酸入りのオレンジジュースになる。

「お宅の子供たちにお土産よ。あなた、ほんとに私を救ってくれた恩人だもの、ジェーニャ。今頃ナージャはモスクワでやることもなくぶらぶらしてるところだった。せめて外で遊ばせたいものねえ。ニコライと話しあってね、つまりこう決めたの。八月分の代金はいただかないって。ナージャを預かってくれたんだから、こっちもお返しよ……。いいわね？」と言ってアンナ・ニキーチシナは目配せした。これで何度目になるだろう、絵に描いたように綺麗なナージャがこのクマのような母親によく似ていることに気づいてジェーニャはまたまた驚いた。額が狭く、目は小さく、団子鼻で、耳から耳まで裂けているような口……。

「いいわ、アンナ・ニキーチシナ。お土産ありがとう、あの子たち、こんなすごいもの見たことないわ。ただお金のことは……そういうわけにはいかないわ。今年の夏はこんなふうに、ふたり余分に預かったでしょ。だから、ひとり減ろうが増えようが私は何ともないの。それにしてもナージャはしっかりしていて素晴らしい子ね。よく手伝ってくれるし。男の子とはまるっきり違う。お宅のお嬢さんはよくできてるわ……」このときは率直なようなそうでないようなこのオーナーがあまりに鷹揚で気前がいいのに驚いて、ジェーニャはナージャが嘘をつくことを忘れてしまっていた。

子供たちを寝かしつけたのは遅くなってからだった。というのも夕食にかなり時間がかかったからだ。次から次へと袋から出てくる珍しいもの、甘いもの、塩味のきいたもの、ナッツ類、ゴムみたいなお菓子、キイチゴやオレンジ味のチューインガムにみな舌鼓を打った。それから足を洗い、歯を磨いて、それぞれ新しい場所で休むことになった。大きくて立派なベッドをアンナ・ニキーチシナとナージャに譲り、それまでナージャが使っていたところにサーシャを寝かせた。

ようやく子供たちが寝静まったのを見計らい、アンナ・ニキーチシナが夏用の台所からウォッカを一壜、三リットル容器に自分で漬けた塩漬けキュウリ、キノコの漬け物一壜を出してきて、全部ひとりで胸に抱え、雨でぐちゃぐちゃになった小径を踏みしめながら母屋に持ってきた。そしてふたりでさらに遅くまでテラスでおしゃべりした。アンナ・ニキーチシナの話は自分自身の英雄伝で、何でもかんでも自分ひとりでこなして地位も豊かさも得たというものだった。やろうと思えばもっとできたけれど、そうしたいと思わなかったのは、いろいろなものの値打ちをわきまえているから。今手にしているものくらいがちょうどよくて、これ以上は要らないのだという。

アンナ・ニキーチシナは、小杯三杯分残してウォッカを一壜飲み、小さなキュウリ一つ除いて三リットル容器の漬け物を全部食べ尽くした。容器にはキュウリに混じって小さな西洋カボチャや青いトマトも漬かっている。ふたりは互いに大いに満足して別れた。

『まともな女ね』アンナ・ニキーチシナはジェーニャのことをそう思った。

『ずいぶん変わったタイプね、あの人』ジェーニャはアンナ・ニキーチシナのことをそう判断した。

朝になりジェーニャは、アンナ・ニキーチシナがよそよそしいので意外だったが、彼女が昨夜の酒のせいで軽い二日酔いなのだということには思い至らなかった。オーナーはゴム長靴を履いて畑に行った——雑草の勢いに気圧されたラディッシュの生き残りを守るためだ。ナージャも母親のあとにしたがった。だいたいナージャは母親から一歩も離れようとせず、まるで仔牛のように鼻先を母親にくっつけてばかりいる。

夕方が近づくとアンナ・ニキーチシナは帰り支度を始め、畑で取れた緑の野菜やタラーソヴナが持ってきた若いジャガイモをバッグに詰めこんだ。去年から作りおいていた漬け物も地下室から持ってきた。

「今年は、畑仕事をしなかったのよ」アンナ・ニキーチシナがジェーニャに説明した。「春にニコライと私、サナトリウムの利用券を二枚もらったので、植えつけ時期を逃しちゃって。今年はどの畑も休ませてるの」

それからみんなでバス停まで送りに行ったが、六時台のバスは来ず、次のバスを待たなければならないことになった。子供たちは丸太にすわっているのに飽きて、川辺めざして駆けだした。ジェーニャはオーナーとふたりになったので、簡単な調査を始めた。

「ねえ、ナージャは学校からスペインに派遣されたことある？」

「ええ」アンナ・ニキーチシナは無関心そうに言った。「いつかニコライに聞いたの、ねえ、どうしてあの子のこと、ひっぱたくの、成績だっていいし家事は手伝うのにって。でもニコライは、いや、しつけが肝心なんだって言うの。そのとおりかもしれない。ナージャはクラス一の優等生でね。スペイン映画の子役を募集したことがあって、学校中でたった三人に選ばれたのよ。一ヵ月半行ってたけど、飛行機代も食事代もホテル代もみんな向こう持ち。こっちは一コペイカもかからなかった。それどころかお金を払うって言うの。でもニコライが金はもらうなって。もらっちゃいけない、やつらの金のせいであとで何か厄介なことに巻き込まれたらいけない、俺たちは工場で働いてるわけじゃない、外交サービス部《ウポデカ》に勤めてるんだからなってわけ」オーナーはそう言って指で奥歯をほじくり、口をもぐもぐさせてから舌を鳴らした。「スペイン語はいい言葉よね。キューバでもラテンアメリカでもスペイン語を話してるし。将来役に立つでしょ。そう思って、私たち、ナージャを外国語大学に入れるつもりなの」

『これでスペインの件ははっきりした』とジェーニャは思った。

「でも法律関係もいいんじゃない？　警察かなんかのメダル持ってるんでしょ？」ジェーニャはさらに鎌をかけてみる。

「メダルってほどのものじゃないわよ、ジェーニャ。呼び方が一緒なだけ！　本当は栄誉章っていうの。あの子はまだ小さかったから、こんがらかって、メダルだ、メダルだって思いこんでるの。あの子が自分で話したのね？　おしゃべりね！　うちのアパートで人殺しがあって、お婆さんが斧で斬り殺されたの。モンタージュ写真があちこちに貼られて、界隈の人がみんな集められて、もし似たような男を見かけたら通報するようにって言い渡されてた。うちのアパートには中庭に警察があるんだけど、うちの娘、子山羊《キッド》毛皮の帽子をかぶった男を目撃したので、大急ぎで警察に駆けこんだら、すぐに犯人が捕まったの。そのお婆さんの甥だった。それでなくても怪しいって思われてたんだけど、自分からのこのこやってきたってわけ。ナージャはモンタージュ写真で特徴がわかってたのね。あの子はとても目ざとくて。それに運が強いの。何でも手に入れちゃう」

「息子さんも同じよう？」

「息子って？」アンナ・ニキーチシナが驚いて言った。「うちには息子なんていないわよ」

「なんですって？　だってユーラは？　いつもユーラ兄さんのこと話しているけど」ジェーニャのほうはもっと驚いた。

アンナ・ニキーチシナは真っ赤になって眉を吊りあげた。さすがに外交サービス部《ウポデカ》は彼女をだてに雇っているわけではないことがすぐに明らかになった。

「まったくしようのない子ねえ！　家のまわりでも自分には兄さんがいるって言いふらしてたのね。ご近所なんて、ちょっぴり聞けばもう充分だから、たちまちニコライにはどこかに隠し子がいるらしいって噂がたって。なんでそんな噂が広まるのかそれでわかった！　大目玉を食わせてやるわ！」

そう言って、オーナーは大声でどなった。

「ナージャ！　すぐここにおいで！」

するとその声が聞こえたナージャはすぐに走りだし、他の子たちもあとを追い、丘の上に全力疾走してきたが、長雨の影響で乾ききっていない道は滑りやすく、グリーシャが転んでペーチャにぶつかったらしい。ふたりは湿った草の上で手足をばたつかせているが、ナージャは一目散に駆けてくる。

ところが、このとき曲がり角からふいにバスが現れ、停留所に止まらず通過しそうになった。アンナ・ニキーチシナが拳固を振りあげると、前方のドアが開いたので、彼女はバッグを持って身体を押しこみ、ジェーニャの方を振り返って叫んだ。

「今度の土曜に父親と一緒に来てあの人に片をつけてもらうわ、あの困った子と。嘘つく癖がついちゃって……」

走ってきたナージャは、遠ざかっていくバスを見て泣きだした——この二週間でジェーニャが少女の涙を見たのは初めてだ。お母さんにさようならが言えなかったからと泣いているのである。この先何が待ち構えているかこの子は知らない……。

ジェーニャは急に笑いだしたくなり、ナージャを抱いて言った。

「さあ泣かないで、ナージャ。ね、今日は運行表と関係なくバスが行ったり来たりしてるのよ。ぜんぜん来ないかと思えば、時間より早く来ちゃって」

今やジェーニャが興味を抱いているたったひとつの問題、というより答えは、畑の裏手に、ナージャが話していた「草が生えない場所」があるかどうかということだ。

「畑の中にあるって言ってたじゃない、光線で焼かれたところに行かない、案内してよ」

「もちろん、いいよ」とナージャは言ってジェーニャの手を取った。その手は柔らかくてふっくらしていて、触ると気持ちいい。家のほうに戻り、テラスに入らず裏側にまわると、畑がそのまま野原に連なっている。冬に塀が倒れてしまったのだが、例のサナトリウムに行っていたためニコライがまだ元どおりに起こしてないのだ。

最初ジェーニャは、どこにでもある鋳鉄製の蓋がついた下水のマンホールじゃないかと思ったのだが、やがてその二倍ほどある空き地だということがわかった。覗きこんで気づいたのは、溶接の継ぎ目がどこにもないことである。真ん中はたしかに鋳鉄のようなものがあるが、何だかきらめいているようにも見え、そのまわりは明るい色をしている。そして、この焼き払われたという地面の端には細い草が一本ずつひょろひょろと芽を出しているだけだが、そのまわりは雑草が生え、ぼうぼうに茂っている。とっくに雑草を刈らなければならない時期が来ているのだ。ジェーニャはゴム長靴を履いた足でとんとん叩いてみた。ひょっとすると鋳鉄じゃなくてアスファルトなのかもしれない。それから丸い地肌の真ん中にすわり、どんな光景だったのかもう一度話してと頼んだ。するとナージャは、前にした話を喜んでまた話しだし、空飛ぶ円盤がどこから現れたのか、どこで向きを変えたのか、どんなふうに空に浮かんでいて、どっちに飛んでいったのか指し示した。

「で、その光線がちょうどこの禿げたところでひとつになったの」

ナージャは素敵な顔を輝かせて喜び、神聖な偽らざる真実を発散している。ジェーニャはしばらくの間ずっと口をつぐんでいたが、ナージャの身体をぎゅっと抱き寄せ、その耳に屈みこんで、少年たちに聞こえないよう小さな声で聞いた。

「でもユーラ兄さんのことは嘘なんでしょ？」

ナージャの茶色い瞳はまるで膜におおわれたように動くのをやめた。そして、ほんのわずかに口を開け、ほとんどすべての指の先をいきなり上唇と下唇の間に押しこむと、細かく細かく齧りだした。ジェーニャは肝をつぶしてしまった。

「ナージャ、何なの？　どうしたの？」

ナージャは、柔らかくて逞しい身体も顔もジェーニャの乾いた脇腹に押しつけてきた。

ジェーニャは、茶色い髪がたっぷり生えている頭や、太くて絹のようなお下げや、安っぽいレインコートの下で震えている背中を撫でてやった。

「さあさあ、ナージャ、いったいどうしちゃったの？」

ナージャはジェーニャを払いのけると、憎しみで目を黒々と光らせた。

「兄さんはいるの！　兄さんはいるんだってば！」

そして、さめざめと泣きだした。ジェーニャは、空飛ぶ円盤の光線が焼いたという鋳鉄の上で、何も理解できずに立ちすくむばかりだった。

---

注1　民間の迷信。「サムソンの日」は七月半ば。
注2　シートン＝トンプソン（一八六〇―一九四六）は『シートン動物記』の作者。アメリカ・インディアンの生活を手本に「森林生活法」を提唱し少年団を結成した。

## 3　筋書きの終わり

十二月半ば。一年の終わり。力も尽きるころ。暗くて風ばかり吹いている。人生なんだかうまくいかない――すべてにっちもさっちもいかなくなって、まるで車輪が穴にはまりこんで空回りしているみたい。そして頭の中では詩が数行、空回りしている。

この世で人生を半分生きたころ、
気づくと暗闇の森の中にいた。[注1]

薄暗く一条の光もない。恥ずかしい、ジェーニャったら、恥ずかしいじゃない……。小さいほうの部屋に少年がふたり、サーシャとグリーシャが眠っている。息子たち。こっちには机があって、机の上には仕事が載っている。さあ、すわってボールペンを手にして書くのよ。ほら、鏡に三十五歳の女が映っている。大きな目は目尻が少し下がっていて、大きな胸もちょっと垂れ気味、細いくるぶしの綺麗な足をした女。この世で最悪の夫というわけでもないのに、しかも最初の夫じゃなくて二番目だというのに、家から追いだしてしまった女。大きな鏡には他に、モスクワの一等地ポヴァルスカヤ通りにある狭いながらもとても素敵なアパートの一部が映っている。半円の形をした窓が、柵でおおわれた小さな庭に面している。そのうち時が来たら立ち退きを命じられることになるのだが、当時、一九八〇年代半ばはまだ人間らしい生活ができた……。

ジェーニャが育ったのもやはりとてもいい家族だ。おばたち、おじたち、いとこ、はとこがたくさんいて、だれもかれもが教養の高い尊敬すべき人たち、医者なら名医だし、学者なら有望、画家なら活躍中。とはいえ、もちろんグラズノフ[注2]ほどの活躍ではないにしても、出版社からは注文が来るし、本のイラストレーターとして優れていて、最高の部類と言えるだろう。専門家仲間にちゃんと評価されている。この画家についてはあとでお話しすることになるだろう。

いとこ、はとこの他に甥や姪たちの新しい世代がすでに育っている——カーチャ、マーシャ、ダーシャ、サーシャ、ミーシャ、グリーシャとたくさんいるのだ。そのうちのひとりがリャーリャといって十三歳だった。もう胸が大きくなりかけている。でもニキビはまだできていない。鼻が長いが、これはニキビと違って一時的なものではない。もっとも、そのうち化粧をするようになれば修正がきくだろう。でも、そのうちだけれど。足も長い。綺麗な足をしている。でも、このことにはまだだれも気づいていない。それなのにこの子の中ではもう今から情欲が燃えさかっている。画家のおじと無鉄砲な恋愛をしているという。あるとき、この鼻の長いリャーリャがはとこのダーシャを訪ねて親戚の家に行き、ダーシャの父親を見るなりぞっこん惚れこんでしまったというのだ。ダーシャのお父さんは家にいて、離れた部屋で絵を描いてたの。鳥カゴにいる鳥たちを描いた素敵な絵だった。詩のようなものもあった。イラストレーターなのね。髪は黒くてカールしていて、肩までのロング。ジャケットは青、下に着ているシャツは赤と青のチェック。首に巻いてシャツの中に入れたスカーフはちっちゃな花柄で、読点《ドット》みたいな花模様だった。ていうか花でも読点《ドット》でもなくキュウリみたいに見えた。それも小さな、ちっちゃなキュウリ。いっぺんに大好きになっちゃったの。

リャーリャは、親戚のおばさんにあたる大人のジェーニャのところに通ってくるようになったが、ジェーニャのほうはその年の十二月はリャーリャどころではなかった。でもジェーニャは画家と血のつながりがある。実の妹というわけではないにしろ、いとこにあたるし、少女は愛の告白をしにくる。しかも、いきさつを何もかも話すのだ。ダーシャのうちに行ったら、あの人が離れた部屋にいて鳥の絵を描いてたの。スカーフはキュウリ模様。そのうちダーシャのいないときに行って、あの人の部屋にいるようになった。あの人は絵を描いて、私はおとなしくすわってるの。黙って。

あの人の奥さんミーラは毎週火曜と木曜の朝八時から診察があって、月、水、金は夕方が診療なの。ミーラは婦人科のお医者さんよね。ダーシャは毎日学校がある。平和大通りのフランス語学校に通ってて、七時二十五分には家を出る。私があそこに行くのは火曜と木曜。でも毎週じゃなくて、今週が火曜なら来週は木曜っていう感じ。あの人の離れた部屋に着くのは八時半。一度、歴史と英語の授業をさぼっちゃった、あと二コマ続きの文学の授業を休んだこともある。いま十三歳よ。どうしたらいいの？　だってどうしようもないじゃない。無鉄砲な恋なんだもん。あの人は死ぬほど夢中になっている。服を脱がすときなんか手が震えてるもの。胸がキュンてなった。生まれて初めての男の人だもん。二人目なんてぜったいありえないって思う。妊娠？　それは心配してない。ていうか、べつにそんなこと考えてない。でも薬は飲んでもいいんだけど。ミーラに電話して薬を出してもらってくれない？　ジェーニャおばさんが飲むことにして。

ジェーニャは呆気にとられた。リャーリャは息子のサーシャと同い年なのだ。同じ十三歳なのに、女の子の十三歳というのはまるで勝手が違う。サーシャの頭の中は天文学のことばかり。目次を見てもジェーニャにはさっぱりわけのわからない本を読んでいる。それに対して、この小さなお馬鹿さんの頭の中にあるのは恋。そのうえこの子は、自分の心の秘密を打ち明ける「親友」としてジェーニャを選んだ。とんだ秘密だこと。四十がらみのまっとうな男が自分の家で、未成年の姪、娘の友達と関係を持つなんて。それも、奥さんのミーラが家からほんの三ブロック先のマルチャノフカ通りの婦人科診療所で患者を診ているのだから、はっきり言って、たとえばちょっとお茶を飲みに家に帰ろうということだってあり得る。それにしても、リャーリャの両親はどうなのだろう？　リャーリャのお母さんは私のいとこ、お尻の大きなステラ。ステラはどう思っているのかしら？　娘は擦りきれたカバンを振り振り学校に行っていると思っているのかしら。お父さん、数学マニアのコンスタンチンはどう思っているのだろう？　ジェーニャの父親のお姉さん、亡くなったエンマおばさんが生きていたら、このことをいったいどう思うだろう、そう考えただけで恐ろしい。

リャーリャは午前中の授業をさぼっている。ときおりサーシャとグリーシャが学校に行っている間にコーヒーを飲みにやって来ることがある。画家が忙しいのか、それともただ学校に行く気がしないだけなのかしら。無下に追いだすわけにもいかない――だって衝動的に窓から身投げでもされたら大変だもの。それでおとなしく話を聞いてあげているけれど、ほとほと困ってしまう。自分自身の問題だって手に余るというのに。どう考えても近づいてはいけない人に恋をして、夫を家から放りだしてしまったのだ。その人は名だたる芸術家。外国かと思うような素晴らしい町出身の演出家である。毎日電話がかかってきて、お願いだから来てくれと言われる。そのうえリャーリャだなんてあんまりよ。

ジェーニャはどうしていいかわからない。

「リャーリャ、いい子だから、そんな関係はすぐにやめなくちゃ。気はたしかなの！」

「ねえ、でもどうして？　私はあの人が好きで、あの人は私が好きなのよ」

ジェーニャがそれを信じたのは、最近リャーリャが綺麗になったからだ。大きなグレイの美しい目をして、まつ毛に黒いマスカラをつけるようになった。鼻は長いけれど細くて品のいい鉤鼻だ。肌も一段と綺麗になったし、首はもう驚くばかり。細くて、上にいくほどますますほっそりする滅多にない美しい首である。そしてこのしなやかな茎に、頭がじつに美しく載っている。ほんとに見事！

「かわいいリャーリャ、でも、かりに自分のことは考えなくていいとしても、せめて相手のことを考えてあげないと。こんなことが世間に知れたらどういうことになるかわかる？　まず真っ先に刑務所に入れられるのよ！　かわいそうじゃない？　八年くらいは刑務所暮らしよ！」

「そんなことない、ジェーニャ、ないよ。だれもあの人を刑務所に入れようなんて思わない。もしミーラが勘づいたらあの人を家から追いだすでしょうね、それはたしか。で、ごっそりふんだくる、お金をね。ミーラったらものすごくがめついんだから。あの人はたくさん稼いでるでしょ。でも刑務所に入っちゃったら慰謝料払ってもらえないじゃない。そう、そうよ、だから騒ぎを起こすわけない。逆にぜんぶ揉み消そうとするでしょ」

リャーリャは予想される未来図をごく冷静に計算高く描いてみせ、ジェーニャは、それがどれほど常軌を逸したものであろうとたしかにそのとおりだと思わざるを得なかった。実際ミーラはものすごく欲張りなのだ。

「ねえ、じゃあなたの両親は？　心配してるんじゃない？　もしこのことを知ったらパパとママがどうなるか考えてごらん」

ジェーニャは別のほうから攻めることにした。

「パパとママは口をはさまなくていいの。ママはワーシャおじさんと寝てるんだし」

ジェーニャは目の玉が飛び出るほど驚いた。

「あら、知らないの？　パパのお兄さん、ワーシャおじさんよ。ママはもうおじさんにずうっと首っ丈なんだ。ひとつだけわからないのは、ママがおじさんを好きになったのはパパと結婚する前なのか後なのかということ。パパのほうは、そんなことまるっきりどっちだっていいの、だってパパは男じゃないもん。わかる？　パパは数式以外何も興味ないの。私や弟のミーシャのこともね」

まったく、何ていうこと。こんな幼い怪物、いったいどう扱えばいいの！　結局のところこの子はたった十三歳なのだし、庇護してやらないといけない子供。でも画家のほうはどう？　あの善人ぶった色男！　スエードのジャケット！　首に巻いたスカーフ！　綺麗に磨きあげた手！　マニキュア師が通ってきているとか！　いつかジェーニャのいる前で、自分の仕事はピアニストと同じく完璧な手をしていなければならないんだ、とか言ってたっけ。だいたい彼はどっちかというとホモセクシュアルみたいだと思っていたけれど、実際には幼児愛好者だったわけね……。

とはいっても、よく考えてみるとリャーリャだって赤ちゃんというわけじゃない。大昔のユダヤ人は十二歳半ばで女の子を嫁がせていたんだから、肉体的に見たらもう立派な大人だっていうことよ。頭の回転は大人顔負け——あの子がミーラに関してあれこれ言うのにはたまげるわ、大人の女だってみんながみんなあんなふうに見定められるわけじゃない。

それにしても、あの子のことどうしたらいいかしら？　成りゆきを細大漏らさず打ち明けられたたったひとりの大人なんだから、それだけに私には責任がある。相談する相手はだれもいない。両親にこの問題を相談しに行くわけにはいかない。ママが聞いたら心筋梗塞を起こしちゃう！

リャーリャは毎週のようにやってきては画家のことを話していき、その内容からするとこの悪夢のような関係はかなり強力なのだろうと思えてくる。妻子ある男性が毎週、未成年の恋人を家に入れるという危険を冒しているのだから、これはよっぽど溺れているにちがいない。ジェーニャは避妊剤を（ついでながら、かなり高価なのだけれど）ミーラを介さずに買って、当然のことながらリャーリャに渡し、かならず忘れずに毎日飲むよう言い含めた。薬は買い与えたものの、責任感という点では大きな不安を感じる。スキャンダルが起きる前に何らかの対策を講じなくちゃいけないことはわかっているのだけれど、どこから切りこんでいったものか見当がつかない。結局、こうなった以上できることはたったひとつ、画家本人とじかに話をするしかないわ。まったくもう。

演出家のほうは電話してきて、せめて一日でもいいから来てくれと言う。彼は公演があって一日十二時間仕事をしている。でももしその暖かく明るく素晴らしい町に飛んでいったら、ジェーニャはもうおしまい。一巻の終わり！　じゃ、行かなかったら？

リャーリャの無鉄砲な一件をまずなんとかしなくちゃ。要は、スキャンダルが避けられないとかいうような問題じゃない。つまり、大人が子供の人生を台無しにしてしまうっていうことだもの。ほんとにうちの子はふたりとも男の子でよかった。問題があるって言ったってたかが知れている。サーシャは天文学のことだし、グリーシャはどうやって本から引き離すかというだけ。毎晩、布団に入って灯りをつけて本ばかり読んでいる。ときどきふたりは喧嘩もするけれど、それも最近はずいぶん減った。

ついにリャーリャの恋人に電話することにした。電話をかけたのは午後二時過ぎ、ミーラが夕方の診療のある日にした。彼はものすごく喜んで、すぐ遊びに来るよう誘い、ちょうどいいことに歩いて遠くないところだと付け加えた。ジェーニャは、遊びに行くのは今度にする、今日はお宅ではなくどこか中間地点で会いたいと言った。

『芸術《フドージェストヴェヌイ》』映画館の近くで待ちあわせると、カフェ「プラハ」に行こうと言われた。

「何か困ったことでもあるの、ジェーニャ？　なんだか取り乱した感じだね？」画家が愛想よくそう聞くので、ジェーニャは彼が親戚に対してこれまでずっと立派な振舞いをしてきたことを思いだした。一度など、はるか遠い親戚の女性が大変な手術を受けなければならなくなったとき援助していたし、さらに親戚のぐうたら息子が車を盗もうとした窃盗未遂事件では弁護士代を払ってやっていた。人間というのはなんて複雑にできているんだろう、内面にどれほどかけ離れたものを抱えこんでいるんだろう。

「ごめんなさい、不愉快な話で。あなたの恋人のことなの」ジェーニャはさりげなく切りだした。忌まわしい出来事にむかっ腹をたてているのに出鼻をくじかれては困ると思ったからだ。

彼は長いこと黙っていた。じっと口をつぐんだままだ。きめ細かい肌の下にわずかに骨が動くのがわかる。前に思っていたほどハンサムじゃないわ。年とって色褪せちゃったのかしら。

「ジェーニャ、ぼくは大人なんだし、君はぼくの母親でもなければおばあちゃんでもない。どうして君にそんな活動報告をしなくちゃいけないんだ」

「どうしてかっていうとね、アルカージイ」ジェーニャは堪忍袋の緒が切れた。「だれだって最後は自分の行動に自分で責任を持たなくちゃならない。大人ならなおさら自分の置かれている状況に責任があるからよ」

彼は小さなカップを取って一息でコーヒーを飲みほすと、テーブルの端に空のカップを置いた。

「ジェーニャ、だれかに頼まれて来たの、それとも自発的な道義心の発作にでもかられたの？」

「ねえ、なに馬鹿なこと言ってるの。だれに頼まれるっていうの？　あなたの奥様？　リャーリャの両親？　リャーリャ自身に頼まれたとでもいうの？　もちろん自発的なものよ。おっしゃるとおり道義心ね。あのお馬鹿さんのリャーリャが何もかも話してくれたの。もちろん知らないほうがよかったに決まってる。でも知ってしまった以上、心配なの。あの子のことも、あなたのことも。それだけよ」

彼は急に態度を和らげ、声色を変えた。

「正直言って、君たちが親しいとはまったく知らなかった。面白いなあ」

「言っておきますけれど、あの子とつきあわないですむんなら、よっぽどそのほうがありがたいんですけれどね。しかもこんな問題で……」

「ジェーニャ、ぼくにどうしてほしいのか言ってくれ。この一件はもう一年以上続いてるんだ。それに君とぼくは、悪いけれど、ぼくの私生活のデリケートな問題を話しあうほど親しい間柄じゃないんじゃないかな」

こう言われたジェーニャは、さほど簡単にはいかなそうだ、アルカージイの言葉には自分が知っているより多くのことが込められていると悟った。彼の様子にはいくぶん申し訳なさそうなところがあるが、同時にいくぶん悲痛なところがあるようにも見える。

「この件、最近始まったものとばかり思いこんでいたんだけれど、一年以上続いているって今言ったわね……」こんな尋問をするはめになった自分を呪いながらもジェーニャは言葉を絞りだした。

「検事だったら、ヘボ検事ってとこだな。本当のことを言うと、三年続いている」彼は肩をすくめた。「わからないのは、どうしてリャーリャが君に相談する必要があったのかっていうことだ。ミーラはすべて知っていて何が起きようと覚悟してる、ただし離婚だけは別だけれどね」

アルカージイが肘を動かしたので、カップがテーブルから飛び、がちゃんと音を立てて床に落ちた。彼は席を立たずにテーブルの下に身をかがめ、長い手で白い陶器の破片を集めて目の前に小さく積みあげた。元通り貼りあわせようとするかのように割れたカップのかけらを手に取りはじめた。それから頭を上げた。いいえ、やっぱり相変らずハンサムだわ。眉はきりりと伸び、目は少しグリーンがかっている。

三年ですって？　ということは、十歳の女の子と関係していたの？　それを何でもないことのように言うなんて。やっぱり男って別の惑星の生き物ね。

「ねえ、アルカージイ。私、本当にわからないんだけれど、よくもそんなに平然と話せるわね。私の頭の中ではまるっきりしっくりこない――大人の男性が十歳の女の子と寝るなんて」

彼は目を剝いた。

「ジェーニャ、なに馬鹿なこと言ってるの？　女の子ってだれ？」

「リャーリャは半年前に十三歳になったばかりでしょ！　だれって、あの子が牝牛だとか、おばさんだとか、女だとでもいうの？」

「だれのこと言ってるの？」

「リャーリャ・ルバショワのことよ」

「ルバショワって？」アルカージイは心底驚いている。

とぼけているのかしら、それとも？

「リャーリャよ。ステラ・コーガンとコンスタンチン・ルバショフの娘」

「ああ、ステラ！　ステラとはもうぜんぜん会ってない。そう言えば、娘がいたような気がするなあ。それがぼくとどういう関係があるんだい？　わかりやすく説明してくれないか？」

これでおしまい。筋書きの終わり。アルカージイは事の次第を理解した。最初ぞっとしたようだったが、げらげら笑いだした。ぼくと観念的な恋愛を繰り広げたその子の顔が見てみたいという。顔も覚えていないのだ。うちに遊びに来るダーシャの友達ならごまんといるからなあという。

やがて、おぞましい石を胸から払い落としたジェーニャも一緒になって笑った。

「ねえ、でもあなたと恋人のこと、どっちみち暴いちゃったわね」

「ある程度ね。問題は本当に恋人がいるってことなんだ。十歳や十三歳じゃないけれどね、わかるだろ、問題があるっていうことさ。だから、さっきものすごく君に腹を立てたわけさ」

給仕が陶器のかけらを片づけ、掃除夫を呼んでテーブルの下の床を拭かせた。

ジェーニャはリャーリャが来るのを待ちかまえていた。いつもの告白に耳を傾けた。言いたいことはぜんぶ言わせ、それから切りだした。

「リャーリャ、ずっと私のところに通って体験談を話してくれてとても楽しかったわ。きっと私の前でありもしない話をいろいろでっちあげることが、あなたにはすごく大事だったんでしょうね。あなたには何もかもまだこれからよ。愛も、セックスも、画家も……」

ジェーニャは用意しておいた話を最後まで言うことができなかった。リャーリャがぷいと玄関に行ってしまったからだ。一言も言わず、カバンを取って出ていき、その後何年も音信不通になった。

でもジェーニャはリャーリャどころではなかった。ぐずぐず続いていた暗い冬がようやく「死点」から抜けだした。演出家は公演を人に任せて自分のほうからモスクワに飛んできた。ファン楽しそうでもあり同時に哀しそうでもあり、いつもたくさんのファンに囲まれている。ファンというのは、トビリシを格調高く懐かしがるモスクワ在住のグルジア人たち、それにグルジアやグルジアの魂に惚れこんだモスクワの知識人たちだ。ジェーニャは二週間というもの幸せだった。無分別な人生の半ばにあって暗闇の森がぱっと明るくなり、三月なのに四月のように暖かく輝いて、まるで荒々しいクラ川[注3]のほとりにある遠い町の面影の中にいるかのようだった。ジェーニャはほっとした。二週間幸せだったからではなく、胸の奥深いところで理解したからだ。祝祭はいつまでも続くはずはないし、祝祭そのものみたいなあの人と出会ったのは自分の人生にとって大きなプレゼントのようなものだったけれど、あまりに大きすぎて、ほんの少しだけ繋ぎとめておくことはできても、奪い去ってしまうことはできないのだと。彼に少女リャーリャのことを話したら、最初笑っていたが、しばらくして、それは天才的な筋書きだねと言った……。それから彼はグルジアに帰っていき、ジェーニャが彼のところに行き、彼は彼で一度ならずモスクワに来た。その後あっけなくすべてが終わった。跡形もなく。ジェーニャはそれでも生き続けた。二番目の夫と仲直りしたほどだ。時が経つにつれて明らかになったのは、要するにこの夫を見捨てるわけにはいかない、子供と同じでジェーニャの人生にしっかり括りつけられているということだった。

　リャーリャとは長いあいだ顔を合わせることがなかった。親戚のだれかの誕生日があってもリャーリャは姿を見せなかったし、葬儀ではそんなことに構っていられない。ただ何年もしてから、家族の食事会で会ったことがある。リャーリャはすっかり成長してとても綺麗な若い大人の女性になっていて、ピアニストと結婚していた。小さな娘が一緒だった。その四歳の少女がジェーニャのところに来てこう言った。わたし王女様なの……。おしまい。筋書きの終わり。

注1　イタリアの詩人ダンテ（一二六五―一三二一）の代表作『神曲』の冒頭部分。三十五歳の作者が罪深い人の世を象徴する暗い森にいることに気づく。
注2　イリヤ・グラズノフ（一九三〇―）はロシアの画家。ロシア絵画・彫刻・建築アカデミー総裁。
注3　カスピ海に注ぐ川。グルジアとアゼルバイジャンの主要河川。

## 4　自然現象

始まりはとても素敵だったのに、終わりはマーシャという名のうら若い娘に心の傷を残して幕切れとなった。見た目はたいしたことなく、そばかすだらけで、何の変哲もないメガネをかけているけれど、マーシャの心はとても感じやすくできていた。マーシャを傷つけたのはアンナ・ヴェニアミーノヴナ。白髪を短く刈ったかなり高齢の女性で、悪意があったわけではない。教育者、教授だ。だいぶ前から年金生活をしていたが、長年にわたってロシア文学とくにロシアの詩を教えてきた人で、教育にかける情熱はいまだ失せていなかった。アンナ・ヴェニアミーノヴナにはコレクターのようなところがあった――著者が生きていた時代に出版された古書を集めていただけでなく、「銀の時代[注1]」の宝石のような詩人たちに憧れる若い人たちの心も収集していた。二流の大学で長年教鞭を取っているうちに、元教え子たちがどんどん増えてきたのである。

ある日アンナ・ヴェニアミーノヴナは、明るいグレイのポリエステル製ブラウスと流行遅れのツイード・ジャケットを着て、とある小さな公園のベンチにすわっていた。履いているのは、自然毛でできた長靴用ブラシで毎日磨かれることにいつのまにか慣れてしまった古靴。どこの公園かは、特定されないよう住所を記さないでおこう。でも、それはそれは素敵な公園で、モスクワの中心でもなく、さりとて郊外でもない。高級住宅地と言ってもいいようないい場所にある。手にしているのは新聞紙でカバーした本。そんなふうにして本を持ち歩く人はもうだいぶ前からいないが、彼女は相変らず頑なに寸分違わずぴったり表紙の大きさに合わせてハサミで新聞紙を三角形に切って本をくるんでいた。

　四月半ばで、いい天気だった。ベンチでたまたま隣同士になったアンナ・ヴェニアミーノヴナとマーシャはふたりとも、目覚めかけている自然の様子を楽しんでいた。知恵のまわるカラスが卑しい繁殖の必要に迫られて——それは高邁なことでもあるのだけれど——、騒がしくてきぱきと「自然」に手を加えている。硬いくちばしで細い枝を折っては古い巣に差しこみ、去年の巣を修復して新しく作り替えていた。

　この珍しく心弾む光景を一時間ほど一緒に眺めた後、アンナ・ヴェニアミーノヴナが詩の一節を朗読した。

「夕べの光黄色くみなぎり、四月の冷気はやさし、何年も遅れたあなた、それでも私はうれし[注2]……」

「なんて素敵な詩なんでしょう！」マーシャは心を揺さぶられた。「だれの詩なんですか？」

こうしてつきあいが始まった。

「ああ、若気の至りよ」老齢の魅力的な女性はにっこりした。「若いころ詩を書かない人なんていないでしょ」

すぐにマーシャは、そのとおりだと思った。自分自身はそんな「若気の至り」を経験したことはなかったけれど。アンナ・ヴェニアミーノヴナを家まで送っていくと、ちょっと寄っていかないかと言われ、中に入った。マーシャは平凡なエンジニアの家庭で育った。子供のころ家に「ヘルガ」社製の飾り棚があって、人の手に触れられたことのない、大きさの揃った「世界文学全集」と、クリスタルグラス十一個が入っていた。グラスはもうひとつあったのだが、父親が割ってしまったのだ。それから、今では「友好関係にある国」と呼ばれている国々の土産物もいろいろ飾ってあった。銀色の模様が描かれたグルジアの黒い水差し、頭が亜麻でできているリトアニアの人形、ピンクの鼻面をした動物をかたどったウクライナの黄土色の小笛——みんなの大好きな「小ロシア」風前菜になるブタである。

ところがアンナ・ヴェニアミーノヴナのアパートは、壁という壁に棚板、本棚、本がぎっしり並んでいる。本には表紙がついていない。ああ、だから新聞紙でくるんでたのね、そうしないとページがばらばらになっちゃうから！　棚や壁には、どこかで見たような顔をした人たちの写真が所狭しと並べられ、そのいくつかには献辞が記されている。小さめのテーブルは楕円形をしていて、物書き机というわけでも食卓というわけでもない。テーブルの上には洗ってない茶碗が二つ、本の山、手芸用の小箱が置いてある。正真正銘、革命前に生まれたお婆さんなのね。ポットなんか電気じゃなくてアルミニウム製――こんなの、どこのゴミ箱を探したってあるもんじゃない。骨董品店は別でしょうけれど。

こうして友達付き合いが始まった。マーシャは高校の最終学年だったが、同級生の女の子たちが、学校の隣にある競技場に練習に来る威勢のいいスポーツマンや大学二年生に思いを寄せたり、模様の描かれたギターで弾き語りをする流行の歌手に憧れたりしているときに、アンナ・ヴェニアミーノヴナに恋していたのである。アンナ・ヴェニアミーノヴナにはマーシャに欠けているものがすべて揃っていた。痩せていて肌が白くて、ものすごく教養がある。それに対してマーシャは生まれつき骨太で、病的なほど顔が赤く、あまりに単純なところが自分でも厭だった。両親も祖父母やはるか遠い先祖たちもみな素朴だったので、マーシャは両親を愛してはいたが、工場技師の父ヴィーチャがこの世で何よりも好きなことが濃紺の「ジグリ」に乗って馬鹿なメロディーを口笛で吹くことなのでちょっと恥ずかしかった。同じく工場で技師をしている母ヴァレンチナのことも恥ずかしく思っていた――幅広で角張っているし、やたらに大きな声を出すし、あまりに景気よくお客をもてなすから。「さあ食べて、食べて！　ボルシチどうぞ！　さあサワークリームをかけて！　パンもどうぞ！」マーシャの同級生が遊びに来るといつもこんな感じでしつこく食べ物を勧めるのだ。

パイで言うなら、アンナ・ヴェニアミーノヴナは素材が違っていて、酵母で膨らませたパイ生地ではなく、さくさくした層状のパイ生地でできている。ドライで明るくて、かすかにもろい。インテリ女性とエンジニアの家庭に育った少しがさつな娘に共通の話題などあるのだろうかと思われるかもしれない。ところが、あらゆることが話題になったのである。どこかで見たことがある人たちの写真の話から始まり、最近の流行作家のヤングアダルト小説の話にまで及んだ。アンナ・ヴェニアミーノヴナはこういう小説について聞いたことはあっても読んだことがなかった。そこでマーシャは、叱られるのを覚悟のうえで流行小説を持っていったのだが、先生は思いがけないことに面白い講釈をしてくれた。それを聴いてマーシャが理解したのは、流行作家というのは月から降ってくるものではなく先駆者がいるということ——マーシャは先駆者のことなど夢にも思いつかなかった——、そもそもどんな本も何かしらそれまでに書かれたものや言われたものを踏まえているということもわかった。そう考えると、一言で言ってマーシャはひどくびっくりしたが、いっぽうアンナ・ヴェニアミーノヴナは、いまどきの学校は文学の教え方がなんて下手なのだろうと驚いた。互いにこういう発見をした瞬間から、この上なく充実した会話が限りなく続く素地が開けたのである。マーシャは数学、物理学、化学が得意で、自動車道路学校に入りたいと思っていた。学校はすぐ近く、道路を渡った向こう側にあって歩いて十分で行けるし、父の出身校でもある。ところが今ではまったく志向が変わってしまった。どんどん文学に興味が湧いてきて、じつに不思議なのだが、以前は言葉の知的で繊細な面にまったく鈍感だったマーシャの頑健な心が、詩に惹かれるようになっていた。

アンナ・ヴェニアミーノヴナはマーシャを教育しはじめた。かなりユニークで非能率的なやり方ではあったけれど。自分の持っているぼろぼろの本をマーシャに貸すことはけっしてせず、そのかわり何時間にもわたって詩を朗読し、解説を施し、詩人たちの生きざまについて話し、詩人同士の関係つまり愛着や争いや愛のロマンスについて語った。年はとっていても教授だっただけあって人並外れた記憶力の持ち主で、詩集を丸ごと何冊も諳《そら》んじていた。有名な詩人であろうが、中くらいの知名度の詩人であろうが、偉大な名前の影にほとんど溶けてしまっている詩人であろうが。どういうわけか先生自身も詩人だったという了解がいつのまにかできあがった。もっとも一度も自分の詩を公表したことのない詩人ということだが。マーシャは敏感になった心で、先生が自分の詩を暗唱しはじめると、あ、これは先生の作品だ、と言い当てられるようになった。そういう場合つまり「自作の」詩を読みはじめるとき、先生は軽く額を擦り、それから指を組み合わせて目を閉じるのだ。

「で、これはね、マーシャ……。ときどき思うんだけれど、この詩に流れていた時間は去ってしまったとしても、文化から引き離されることはないのよ。それは内面にあるから……。

灰色の硬い匂い草におおわれた
不毛な山襞。
チチタケが白む。粘土層に
黒色片岩や雲母がきらめく[注3]」

「それも先生の詩なんでしょう?」マーシャが遠慮がちに尋ねる。
アンナ・ヴェニアミーノヴナはにっこり笑って言葉を濁す。

「執筆はあなたくらいの年頃のときよ。十八歳、素晴らしい年頃ねえ」

マーシャは先生が作った詩をこっそり書きとめておくようになった。マーシャも記憶力は悪くないほうだ。アンナ・ヴェニアミーノヴナは、シルバーグレイの髪こそ薄いものの頭はしっかりしていたが、詩を覚えるほうが他のことを覚えておくよりはるかに得意だった。朝の薬をのんだかどうか、ガスを消したかどうか、トイレの水を流したかどうか思いだそうとしても日に日に難しくなってくるという「帰らざる道」に足を踏み入れているのに、詩だけは記憶のカセットにしっかり刻みこまれているので、生命を存続させる手段であるタンパク質と同様、最後まで死なないのだろう。

老朽化したアパートを訪れるのは、もちろんマーシャひとりではない。いろいろな時期に薫陶を受けた教え子がやってきた——かなりの熟年もいれば、中年もいるし、二十歳くらいの教え子もいる。とはいえ、さほど頻繁にお客があるわけではなく、毎日のように通っていたのは、隣の棟に住むマーシャだけだった。

驚いたことに、生まれて十七年というもの先生のような人には一度も出くわしたことがなかったのに、ここにきて急にこういう人はたくさんいるということがわかった。身なりは貧しくみすぼらしいけれど、博識で教養があってウィットに富む人たち！　最後の「ウィット」という資質にいたっては思いも及ばなかった。これは一口話とも冗談ともまったく違うものなのだ。それに、ウィットが示されたからといって、だれも腹を抱えてげらげら笑ったりせず、いかにも上品に微笑むだけだ。

「男っていうのは、そりゃ素晴らしいものだけれど、だからといってどうして家に繋ぎとめておかなくちゃならないの?」まさにそうした微笑みを浮かべてアンナ・ヴェニアミーノヴナはジェーニャにトゲのある質問をする。ジェーニャは教え子の元大学院生でやはりけっこう年配だが、いま複雑な人生の岐路に立っているらしい。ジェーニャはすかさず答えた。

「先生、私アイロンやコーヒー挽きやミキサーを借りにご近所に行ったりしないで、ちゃんと自分のを買います。どうして男は借りに行かなくちゃいけないんですか?」

「ジェーニャったら! 男とアイロンじゃ比べようがないでしょ。アイロンをかけるのはこっちが必要なときだけど、男の場合は、男が求めるときじゃない!」と先生は切り返す。

マーシャはふたりのやりとりを聞いていて陶然となった。たしかに、それほどおかしなやりとりではないかもしれないが、何より大事なのは、受け答えがぽん、ぽん、ぽんと目にも留まらぬ速さで飛び交うことで、スピーディな応酬が何を意味しているのかついていけないこともあった。詩のようなこの軽やかな会話が、長く育まれてきた文化の一端だということをマーシャは知らなかった。レセプションやパーティ、チャリティコンサート、それに言うまでもないけれど「大学」に行くような人たちが、一年や二年などというものではなく何世代にもわたって育んできた文化なのである。

やがてマーシャにもわかってくるのだが、こうしたやりとりでとりわけ大事なのが詩の引用だった。まるでふだん使っているロシア語の他にもうひとつ別の言語を操っているのではないかと思うほどだ。しかもその言語は、ふつうに用いられる言葉の中に秘められているかのよう。

いったいどこから、どの本から引用されているのか、マーシャは最後まで見抜くコツが習得できなかったが、話をしている人たちのイントネーションから、少なくとも引用やほのめかしがあるときは感じられるようになった。

だれか訪ねてくる人がいるときは、隅にすわって話を聞いた。そういった会話に加わるのはからきし苦手だったけれど、台所に行ってポットを火にかけたり、茶碗を楕円形のテーブルに運んだり、客が帰ったらそうした脆そうな茶碗を割らないようそっと洗ったりした。ほとんど口をきかなかったので、だれもマーシャに話しかけようとしない。でも、だれよりも感じのいい元大学院生のジェーニャだけは別で、ときどき、たとえば「バーチュシコフ[注4]は読んだ？」などという変わった質問をしてくる。もっとも、バーチュシコフなどという詩人について学校では習わなかったのだが……。

いちばん好きな時間は、夜十時過ぎに先生を訪ねるひとときだった——知りあって三ヵ月目にはもうアパートの鍵を預かっていたのである。マーシャは、梯子にもなる風変わりな折りたたみ式の椅子に腰かけ、先生のほうは、きちんとしていて取りつく島もないような肘掛け椅子にすわっている。背もたれはまっすぐだし、肘掛けは硬そうだ。先生はおかしな夕食——凝乳《ケフィール》一杯——をすませると、謎めいた間《ま》を置いてから詩を朗読しはじめる。たいていこんなふうに切りだした。

「で、このセルゲイ・ミトロファノヴィチ・ゴロデツキー[注5]の詩をとっても気に入っていたのがワレーリイ・ヤーコヴレヴィチ・ブリューソフ[注6]なの。最初の詩集に入っている詩よ。たしか、一九〇七年版だったはず……」

アンナ・ヴェニアミーノヴナの朗読は素晴らしかった。気持ちを込めすぎて芝居がかってしまうこともなく、教授らしくきちんと中身を理解して詠みあげる。

空気ではなく金《きん》が
金の液体が
世界にこぼれた
大槌もなく鍛造され
金の液体でできた世界は
動かない

「今度は先生の詩をお願いします」マーシャがそう頼むと、先生は紙を思わせる亀のまぶたのような薄いまぶたを閉じ、響きのいい言葉をおもむろに朗々と口にしはじめる。マーシャは必死で覚えておこうとするのだった。

人文系の大学に進むなどと言いだしても両親はきっと許してくれなかっただろう。それにマーシャ本人だって合格する自信はなかった。夏の間ずっと一所懸命数学と物理の勉強をしながら毎晩せっせと先生のところに通っていたので、先生のほうでも愛着を感じ、試験が始まると気遣ってくれた。でも万事うまくいき、マーシャは大学に入れたし、両親も満足し外国旅行の優待券をプレゼントしてくれるという。どういうわけかハンガリー旅行だ。むこうにソ連時代から交流のある母の知りあいか何かがいるのだろう。でもマーシャは旅行を断った。先生の具合が悪くなったからである。ミルクアイスのように白くて細い足がむくむのだ——夏の終わりに急に暑くなったためだろう。

マーシャはハンガリーに行かなかった。八月半ば、激しい心臓発作を起こした先生が病院に運ばれ、マーシャは三回見舞いに行けたが、四回目に行ったときは、もう病棟に先生の姿はなく、ベッドはシーツも剝がされ、サイドテーブルの中もごちゃごちゃになっていた——「おばあちゃんは昨晩亡くなりました」と言われた。

マーシャはサイドテーブルの中から化粧品や衛生用品の細々したものを掻き集めたが、どうして自分はそんなことをしているのか、今となっては使いかけの子供用石鹸やありきたりのオーデコロン、紙ナプキン、血管拡張剤《ワロコルジン》がだれに必要なのか考えてもみなかった。新聞紙にくるまれた詩集を敬虔な気持ちで三冊手に取ると、いちばん上にあったのは、一九二〇年に「グルジェビン」社から出版されたブローク[注7]の詩集『過去の日々のむこうで』だった。詩人の名前に灰色っぽく見える陰影《ハッチング》が施されていて、その上のほうに鉛筆の走り書きがあった。先生のおぼつかない筆跡で「あなたのくれた新しい鉛筆が神とともにありますように」と書いてある。ということは、この鉛筆はブローク自身にプレゼントされたものなんだ、とすぐにぴんときた。もっとも年代的には合わない——アンナ・ヴェニアミーノヴナは一九一二年生まれだから、一九二〇年といえば八歳にしかなっていないはずだが……。

マーシャは一日中先生のアパートにいた。電話がかかってきていろいろ尋ねられ、人がやってきた。夕方には十人ほどの人が集まった。甥夫妻、かつてアンナ・ヴェニアミーノヴナが勤めていた大学の学科長、見知った顔の女、知らない女、顎鬚を生やした男がふたり。女性学科長は重要人物然と振る舞っていたが、その場を取り仕切っていたのはジェーニャだった。葬儀のための金を出したのはジェーニャだからだ。大金三百ドル。すべてがマーシャ抜きで動きだし、ひとりでに流れていったが、アパートの鍵についてはだれにも聞かれなかったので渡さなかった。それから教会で弔いがおこなわれた——教会には数え切れないほど大勢の人が来た。二百人ほどいただろうか。そして九日目に先生のアパートで供養がおこなわれた。

遺産相続したアパートに引っ越してくるつもりでいる中年の甥は、脇でおとなしくしていた。アンナ・ヴェニアミーノヴナの友人や教え子たちはこの甥のことを知らないし、甥のほうは伯母の友人たちのことを知らない。先生には文学を教える以外、家庭生活が何もなかったのね、とマーシャは暗い気持ちで思った。それに先生が亡くなってから、悲しく埃っぽい住居が急にひどくみすぼらしくなってしまったことにも気がついた。たぶん、いつもは閉めきっているカーテンをだれかが開けて、剝きだしの貧しさが斜めに差しこむ八月の光に晒されてしまったせいだろう。机もみすぼらしいし、甥もみすぼらしい……。

でも先生が生きている間はこの古びたアパートも豪華だったのに、とマーシャは訝った。

その後も丸ひと月、甥が本当に引っ越してくるまで、ときどきこの部屋に来ては、お馴染みの梯子椅子に腰かけ、新聞紙にくるまれた本を棚からあてずっぽうに取りだして読んだ。ここで言っておきたいのは、ふたりが付きあった期間は人間の寿命から考えるとごく短いものではあったけれど、この間にマーシャがすっかり詩の読み方を覚えたということだ。理解することはまだできなかったが、読んだり聞いたりすることはできるようになったのである。蔵書はすべて大学に寄贈されることになった。それが先生の遺言なのだから仕方ない。でもマーシャにはノートがあり、そこには耳で聞いただけで覚えてしまった先生自身の詩が書き留めてある。マーシャだってそらで暗唱できるくらいだ。

自動車道路学校の授業にはもう通っていたが、いまだにどうしても自分が取り戻せなかった。今になってつくづく思うのは、先生との出会いは自分の生い立ちにとって大切な出発点になったし、先生が死んでしまった以上、先生のようなあんな素晴らしい年上の友人はもうできないだろうということだ。四十日目の追悼の夜、マーシャはアンナ・ヴェニアミーノヴナのアパートに行き、今日こそ鍵を返そうと思った。集まっていたのは二十人ほど。甥が板を二枚並べてベンチに仕立て、全員どうにかこうにかすわることができた。みなが口々にアンナ・ヴェニアミーノヴナのことを褒めそやすので、マーシャは何度か泣きべそをかいた。ワインをたくさん飲み、ただでさえ赤い顔を真っ赤にして、先生がどんなに素晴らしい詩人だったかだれか言いださないかと首を長くして待った。ところがだれも持ちださない。そこで、恥ずかしくてこちこちになっている自分をなんとか奮い立たせ、死後でもいいから正しく先生のことを見直してもらいたいという思いに駆られて、真新しい学生用リュックからじっとりした手で手書きのノートを取りだし、ただでさえ赤い顔を青みがかるほどに紅潮させて言った。

「じつは、このノート丸ごと一冊、先生の書かれた詩なんです。先生は一度も発表なさらなかったんです。どうしてですかって聞いても、『ああ、そんなの、たいしたものじゃありません』っておっしゃるばかりで。でも私にはとても立派な詩に思えるんです。素晴らしいといってもいいくらい。なのに一度も発表したことがないんです」

　そしてマーシャは詩を読みだした。最初は、灰色の硬い匂い草の詩、次は来世の林にいる金色の鳥追いの詩、さらにいくつもいくつも……。目をあげなかったが、「おまえの名は手の中の鳥、おまえの名は舌の上の氷」[注8]で始まるいちばん素敵な詩を読み始めたとき何かおかしいと感じ、読むのをやめてまわりを見た。声をたてずに笑っている人。隣の人ときまり悪げに囁いている人。とにかくどうしようもなく気まずい空気が流れ、その間合はとても長く続いた。ようやく、だれよりも感じのいいジェーニャがワイングラスを手に立ちあがった。

「乾杯しましょう。今日ここにはあまりたくさん人が集まりませんでしたけれど、先生がどれほど人を惹きつけるのがお上手だったか私たちはよく知っています。先生にその豊かな心を分け与えてもらった人すべてのために乾杯したいと思います。先生の古い古いご友人のためにも、とても若い友人のためにも。そして先生が私たちに与えてくださった大切なものをいつまでも忘れないように……」

　みなが身体を動かしたり、ちょっと何か言いあったり、グラスを合わせたり合わせなかったりした。中にはまだ気まずそうに、あるいはいらいらした様子でひそひそ話している者までいて、マーシャは嫌な空気が淀んでいるのを感じたが、ジェーニャは絶え間なくずっとしゃべり続け、最後には一座の話題もすっかり変わってはるか昔の思い出に移っていた。

アンナ・ヴェニアミーノヴナの甥は具合が悪くなったとかで詫びを言い、マーシャにお客さんたちが帰ったら皿を洗って鍵をテーブルの上に置いてドアを閉めていってほしいと頼むと、先に帰っていった。

来た人たちもそれぞれ家路につき、ジェーニャとマーシャだけが残って食器を片づけた。まずグラスや茶碗をキッチンに運んでキッチンテーブルに置く。それからジェーニャがすわってタバコを吸いだした。マーシャもときどき吸うが、大人のいるところではやらなかった。でも今回は一緒に吸うことにした。ジェーニャに何か尋ねたかったが、どう切りだしていいものかわからない。するとジェーニャのほうから聞いてきた。

「マーシャ、どうしてあれが先生の詩だって思ったの?」

「先生がそうおっしゃってたんです」マーシャはそう答え、今から何もかもはっきりするんだと思った。

「それ、たしかなの?」

「もちろんです」マーシャは自分のバッグを持ってきてノートを取りだそうとしたが、詩はどれもこれも自分が書き留めたものだったので、ひょっとすると本当に先生が書いたものだとジェーニャに信じてもらえないのではないか、とふと思った。

「私は書き留めただけ。先生が何度も何度も朗読してくれたんです。若いときに書いたんだって……」マーシャは弁解するように話しだしたが、ノートはもう胸にぎゅっと押しつけている。

でもジェーニャが「貸して」というように手を伸ばしてくるのでマーシャは青いノートを渡した。ノートの表紙には、太い黒マジックで「アンナ・ヴェニアミーノヴナ先生の詩」と書いてある。

　ジェーニャは黙ってノートに目を通しながら微笑んでいた。あたかも遠い日の懐かしい思い出にむかって微笑むように。

「でも、いい詩じゃないですか……」マーシャは捨て鉢につぶやいた。「下手な詩じゃないでしょ……」

　ジェーニャはノートから目を離し、ページを閉じて、

「『子供の頃の詩が詰まった青いノート[注9]』か」と言った。

「どこがいけないんですか？」我慢できなくなってそう言ったマーシャは、またひどく顔を赤くした。他のだれもこんなふうにはできないというほど複雑に赤と青が混じっている。

「あのね、マーシャ」ジェーニャが切りだした。「このノートの最初にある詩は、マクシミリアン・ヴォローシンが書いたもので、最後のはマリーナ・ツヴェターエワの詩なの。それに、他の詩だってそれなりに有名ないろいろな詩人たちが書いたもの。だから、これは何か誤解なの。先生がそんなこと知らないはずないもの。先生がおっしゃったことを何か勘違いしちゃったんじゃないかしら」

「ぜったいそんなことありません」マーシャはかっとなった。「ぜんぶちゃんと理解しました。どの詩も先生が書いたものだって、ご自分で私におっしゃっていました……そうだってわかる

ようにおっしゃっていました」

ここにきて初めて思いあたったのは、先ほど押しつけがましくいくつも詩を読みあげていたとき、教養ある人たちの目に自分がどれほど馬鹿な娘に映っていたかということだった。マーシャは風呂場に駆けこみ中から鍵をかけた。ジェーニャはなんとか慰めようとしたが、閉じこもったまままなかなか出てこない。

ジェーニャが汚れた食器をぜんぶ洗い、それから風呂場のドアをノックすると、マーシャがまるで溺死人のようにむくんだ顔で出てきたので、肩を抱いてやった。

「そんなに悲しまないで。私だって、どうして先生がそんなことをしたのかわからない。あのね、先生はとても一筋縄ではいかない人で、けっこう野心家だったし、ある意味では不遇だったの、わかる？」

「そんなことで泣いてるんじゃありません。先生は私がこれまでに会った初めての知的な人だったんです……。こんな素晴らしい世界を開いてくれながら投げ捨てちゃうなんて……ぽいっと捨てちゃうなんて……」

マーシャは自分の専門学校を投げだすようなことはけっして、けっしてしないだろうし、自動車道路学校出身の職業を人文系の仕事に変えることもけっしてないだろう。そして、なぜあの教養ある女性が自分をこれほど残酷にからかったりしたのか、かわいそうなマーシャにはけっしてわからないだろう。学科長も甥も、それに四十日の追悼に集まった客のだれにもこのことはわからないにちがいない。この人たちはみな何の疑いも持たずにこう思っていることだろう。がさつな顔と太い足をしたこの技術畑の女の子が大馬鹿者だったために曲解して、この知的な先生が夢にも考えつかないようなことを先生の言ったことと勘違いしてしまったんだ、と。

ジェーニャは地下鉄の駅にむかう途中、公園を通った。傷ついたマーシャとロシアの詩を五十年も教えた優れた女性がかつて出会った場所である。そこは、ジェーニャは、先生がどうしてこんなことをしたのかその理由を探ろうとした。もしかすると、偉大な詩人でもどんなにつまらない「自称詩人」でもいいのだが、詩人が人前で自作の詩を読みあげ、お人好しで無邪気な聞き手に手応えがあったときいったいどんな感覚を抱くか、一生に一度でいいから自分も味わってみたいと思ったのだろうか？　今となっては、だれにも知りようがない。

注1　十九世紀末から二十世紀初頭ロシアにおける詩の高揚期。プーシキンの活躍した「金の時代」に次いで詩が最盛を迎えた時期。
注2　ロシアの詩人アンナ・アフマートワ（一八八九―一九六六）が一九一五年に書いた詩。
注3　マクシミリアン・ヴォローシン（一八七七―一九三二）の一九〇七年の詩「正午」の冒頭部分。
注4　コンスタンチン・バーチュシコフ（一七八七―一八五五）はロシアの詩人。「金の時代」の代表的存在で、アレクサンドル・プーシキンの先駆者とされる。
注5　セルゲイ・ゴロデツキー（一八八四―一九六七）はペテルブルグ出身の詩人。
注6　ワレーリイ・ブリューソフ（一八七三―一九二四）はロシアの象徴派の詩人。

注7　アレクサンドル・ブローク（一八八〇―一九二一）はロシアの「銀の時代」を代表する象徴派の詩人。
注8　ロシアの詩人マリーナ・ツヴェターエワ（一八九二―一九四一）がブロークに捧げた詩（一九一六）。
注9　アンナ・アフマートワ（一八八九―一九六六）の詩集『白鳥の群れ』（一九一七）の中の一部。

## 5　幸せなケース

一九九〇年代末はどうしようもなく説明しがたいほど派手な時代だったが、一九九〇年代初めは、三頭の大きなクジラ、いや三頭のゾウ、つまりどうにかこうにか組み立てられていた生活の「三つの構成要素」が瓦解したため、知識層の大半が大変な苦労をしていた。教条的なイデオロギーのひび割れは目も当てられないほどひどく、三種の神器そのものが揺らぎだして、多くの人が溺れそうになっていた。本当に沈んでしまった人もいたが、中には泳ぎ方を身につけた者もいれば、ぐらついた世界の中に進むべき方向を見つけて大航海に乗りだす者もいた。

ジェーニャは学問に見切りをつけ、専門分野の論文を書くことも博士論文審査に合格することもあきらめてテレビの世界に移った。まず教育番組を担当してうまいこといき、一年もすると外国語教育の番組をお茶の子さいさいで作るようになっていた。やがて別の編集局のためにドキュメンタリー映画のシナリオを書くようになったが、そこでもだれにも劣らなかった。いや、それどころか、だれよりもずっと優れていたくらいだ。テレビ局の各階に知り合いができた。若いころから親しくしているグルジア人演出家について素晴らしいドキュメンタリー映画を作ったら、今度は輝かしいとしか言いようのない仕事を依頼された。デリケートな内容で、しかも公式ルートではなく知人を介しての依頼だった。厳密に言えば、そういう仕事を請けるには割増金を支払わなければならないことになっているが、割増金を払いそうなシナリオライターは外国語を知らないときている。ところがこの仕事は、ドイツ語かフランス語、最悪でも英語の三ヵ国語のうちどれかひとつが必ず必要だった。ジェーニャはドイツ語なら見事に操れるし、英語もまあまあできるほうだ。

依頼主はスイス在住。デリケートな映画を作ろうとしているこの監督は、当然のことながらスイス人だ。シナリオ作成にあたって監督が必要としているのは、監督の理解できる言語が話せて、人と接触するのが得意な女性シナリオライターで、しかも絶対にロシア人でなければならないという。仕事がデリケートだというのは、この映画の題材がスイスに住むロシア人娼婦だからだ。

ミシェルという名のこのスイス人監督は、スイス人特有のがむしゃらな無邪気さでテレビ局に公式の依頼状を書いてきたのだが、テレビ局の首脳部はまず慌てふためいて駆けずりまわり、それから協議して結局断った。無邪気なスイス人は経験を積んだ友人たちに、そんなふうにやったってうまくいくわけがないと諭されたため、次に大使館を通して文化的な知人を数人見つけると、その人たちが今度は自分の知人を頼ってあちこち探しまわり、とうとうジェーニャに白羽の矢が立ったのである。プロデューサーと一緒にモスクワにやってきた監督は、投宿しているメトロポール・ホテルにジェーニャを招き、そこで長々とランチをとりながら、みなでスイス語、つまりこの場合ドイツ語を使って打ち合わせをした。

断っておかなければならないが、ジェーニャはロシア人娼婦の実態についてほとんど知らなかったし、ましてや外国でこの危うい職業に携わっている女たちのことなど何もわからなかった。ミシェルはというと、あらゆる国や民族の売春婦、娼婦、姦婦を賛美する本物の詩人だった。ごく若いころから客としてそういった女たちを愛してきたのではないかという印象を持ったが、じっさいミシェルはそれを隠そうともしなかった。

「他の業種の女たちとはうまくいったためしがないんだ」とミシェルがぼやく。

「やってみようともしないくせに」無口なプロデューサーが言い返した。輝くばかりのバラ色の禿頭が、ふさふさした栗色の髪を真っ二つに分けている。

「やったさ、レオ、やってみたよ、よく知ってるだろうが！」ミシェルはそう言って手を振った。この話題に夢中でなかなか本題に入らないので、具体的な問題はジェーニャが片づけるしかないようだ。

「ロシアの女の子は最高なんだ！」ミシェルがジェーニャに言ってのける。「あのスラヴ的な柔らかさ、落ちついた女らしさ、灰色の髪。スカンジナヴィアの女にああいうのはいない。ただもう冴えないだけ。ブロンドのアングロサクソンの女にもいない。困ったのは、ロシアの女の子たちがひとりも言葉ができないっていうことなんだ。なにしろドキュメンタリー映画を作るにはしゃべってもらわないといけない。天のめぐり合わせとか、微妙な気持ちとか、そんなようなことをいろいろね。ところが僕に話してくれるのは、何だか型にはまった身の上話ばかり。でも、ほんとに素晴らしい女の子たちなんだ！　ひとりひとりがダイヤモンドだよ！　君にどういうことをしてもらいたいかわかるよね？」

ミシェルは指をパチンと鳴らし、唇をすぼめて投げキスをして、耳まで少し動かしてみせた。総じて素晴らしく感じのいい人だし、仕事に対する並々ならぬ熱意のおかげで人間性がとても豊かなようだ。

ジェーニャは以前にも外国人と仕事をしなければならないことがあり、堅苦しいイギリス人、親切なフランス人、ちょっと単純なドイツ人といったイメージを持っている。このスイス人はかなりフランス人っぽい。青い目で、アルペンスキーヤーのように日焼けしたバラ色の顔だもの。アラン・ドロンに似ている。ちょっとわけのわからない陽気なエネルギーを発散している。

「まだよくわからないけれど、どちらかというと私は呑みこみがいいほうなの」ジェーニャはやさしく言った。

「僕の映画を見せるよ、そうしたら何をしてほしいかわかってくれると思う。レオ、モスフィルムに話をつけて会場を手配して、ジェーニャに僕たちの作品を見せてあげてくれ」

これまでにミシェルが売春婦について何本か映画を撮っていることがわかった。一本目はアフリカ出身の女の子たち、次は世界最古の職業と曲芸を兼業している中国人の女の子たちを扱っていた。最近は半年ほど日本にいて、プロとして失敗を喫したばかりだ。ゲイシャを題材にして撮った映画自体はうまくいったのだが、土壇場で大変なスキャンダルが持ちあがり、日本側にフィルムを没収されたという。

「僕が欲しいものは何なのか言っておこう。ひとりひとりの女の子の生い立ちだ、本当の生い立ちが欲しい。僕にはほんとのことを話してくれないんだ。僕とあの子たちにはそれなりの関係はあるけど、洗いざらい話してくれるわけじゃない。あの子たちにはあの子たちの決まりがあるからね。必要なのは、第一に本当の生い立ち、第二に情夫《いろ》がいるかどうか白状させること。これはとても大事だ。何を生きがいにしているのか。金なのか、それとも何か他に愛着があるのか。それから私生活も知りたい。いちばん面白いと思うのは娼婦の私生活だからね」

というわけでジェーニャは雇われ、出稼ぎロシア人娼婦の私生活を調べることになった。この調査は、五月初めの労働者の祝日にタイミングを合わせることになった。だれもが祭日だけれど、娼婦にはいちばんの稼ぎ時。わが国ではそうだけれど、あちらではどうなのかしら？ジェーニャはさらにもう一週間、有給休暇を取った。スイスのビザは二日で出ると太鼓判を押された。

ジェーニャは、航空券が郵送されてきた日にようやく家族に出張のことを切りだした。夫は、外国出張の目的を知って忌々しそうに喉を鳴らしただけだった。逆に息子たちは心から喜んでくれ、危険な目に遭わないようにとあれこれ注意したり、さまざまなケースに備えて有益なアドバイスをしたり、かなり大胆なシャレを言ったりした。ジェーニャは、自分と子供たちの関係が自分自身の両親との関係とは雲泥の差なので嬉しく思った。両親の前では「娼婦」という言葉を口にすることさえできなかったから。

　飛行機の出発が一時間も遅れたので、ジェーニャは到着前から気が気ではなかった。待っていてくれなかったらどうしようと。ところが出迎えのレオも遅れてきた。しかも一時間半。レオの説明によれば、それもやはり飛行機が遅れたせいだという。彼はものすごく急いでいた。というのも、今度は自分の妻を迎えにすぐさま空港にとんぼ返りしなければならないというのだ。妻は舞踏家で、半年間のインド舞踊の講習を終えてインドから帰ってくるところなのだが、妻の飛行機も遅れ、しかも遅延到着時刻よりまたさらに遅れるとか。スケジュールではジェーニャの飛行機より二時間前に着陸するはずだったのに。ジェーニャは話を聞いて面喰らい、ヨーロッパが信頼性と保守主義の砦だという意識が揺らいでしまった。飛行機の時刻表は守られないし、上品な紳士の奥さんがインド舞踊をしているなんて……。

　もうかなり夜も更けていたので、どんなにきょろきょろ見回しても車の窓からは何も見分けることができなかった。ジェーニャが最初に目にしたのは、小さめの犬くらいの大きさの「地の精《グノーム》」で、門番のような格好で厚みのあるドアのそばに立っていた。地の精と並ぶとドアはまったく巨大に見えた。レオが呼び鈴を鳴らした。数分待つと、よぼよぼの口に真新しい入れ歯をはめた、しわくちゃの老婆がようやく重い扉を開いた。

「お入りください」

「チューリヒは異様な町だよ。ここは地下にそれはたくさん金《きん》があるから、街じゅうの道を金《きん》で舗装することだってできる。お茶は一杯五ドルする。だから僕たちはたいがいうちの従業員たちにこの下宿で部屋を借りてやるんだ。それがどれほどありがたいことか君も明日になればわかるよ」レオはそう言って、スーツケースをぞんざいに中に押しこんだ。「後でミシェルが来る。今日パリから戻る予定で、夜、君と仕事をするつもりだって言ってた」

ジェーニャは問い返すこともままならなかった。今日の夜ってどういうこと？

部屋は小さく清潔で、大きなベッドがあり、枕元にはぞっとするほど大きなランプにまたしても地の精がいる。もうひとつ洗面所にも見つけたが、洗面台に陣取ったこちらの地の精は鏡に映って自分の魅力を二倍にしていた。

ジェーニャは顔を洗い、スーツを三着タンスにかけた。いちばんいい一着は友達からもらいうけたものだ。部屋にはごく小さなキッチンまでついている。キッチンというより、レンジと流しのあるコーナーといったところだけれど。ジェーニャはポットを火にかけた。もうすぐ十一時になろうとしているが、ミシェルが来る気配もないので、お茶を飲んだらすぐに寝ることにした。するとそのとたんに電話が鳴り、受話器を取るとミシェルだった。

「ジェーニャ、下に降りてきてくれ。今から飯を食いに行って、それから仕事に出かけよう」

下に行くとミシェルが待ちかまえていて、まるで長いこと会っていなかった旧友のように飛びついてきてキスをした。香水なのか花なのかわからないがいい匂いがする。「きっと富の香りね」とジェーニャは思った。ミシェルが生き生きして喜んでいるのは衷心《ちゅうしん》からのようだ。ボディの低い車にジェーニャを乗せて走りだした。ミシェルを見ていると、この間モスクワで会ったときとはどこかはなはだしく違うのだが、それがいったい何なのかがどうしてもわからない。小さなレストランでは、給仕たちが総出で古くからの知り合いのようにミシェルに挨拶をするし、席につけばついたで、オーナーがやってきてキスを交わす。オーナーはフランス語を話した。ふたりが何か料理について蘊蓄《うんちく》を傾けているようだとジェーニャは当たりをつけた。オーナーが行ってしまうとミシェルが言った。

「さっきのオーナーはパリっ子なんだ。チューリヒにもう三十年以上住んでて、パリをとても懐かしがってる。僕はスイスが大嫌いだよ。ここは、まったく愛のないところなんだ。これまでも、これからも、どんな愛も絶対にないところ。耳も聞こえないし口もきけない者たちの国さ。そのうちわかるよ」ミシェルの目が黒い鏡のように光っている。

『ああ、これだわ！　モスクワにいたとき、この人の目は青かった。それなのに今は黒くなっている……。そんなことあり得ない。それとも私、気が変になったのかしら？　でも、たしかに、たしかに青かったじゃない。わかった、私は今きっと現実を生きているんじゃなくて映画を見ているのね』ジェーニャはそう思うことにした。

ジェーニャは森のキノコとカモ・レバーのサラダを食べた。サラダには他にも何の素材なのかわからないものもいろいろ入っていて、言うに言われぬ味だ。ミシェルは料理を数品注文したが、どれにも手をつけない。ジェーニャにデザートを取るよう促し、この店は魔法のようなデザートを作るんだよと言った。たしかに魔法のようだったが、材料が何なのかはさっぱりわからなかった。

「着替えないとね」ミシェルはジェーニャのジャケットの返し襟をちょっと持ちあげて言った。

このスーツはイタリア製で上品な褐色なので、ジェーニャの感覚からするとてもきちんとした身なりだと思っていた。「イヴニングドレスは持ってきた？」

ジェーニャは首を振った。

「前もって言ってくれなかったから……」

イヴニングドレスなどというものは一枚も持っていない。モスクワで暮らしていてどうしてそんなドレスが要るだろう？

ミシェルは優しくジェーニャを抱いた。

「君は素敵だよ、ジェーニャ。君たちロシア人のこと、すごく好きなんだ。何か着るものを選ぼう」

ふたりはまた車に乗り、どこかへ向かった。ジェーニャは何も尋ねなかった。もうなるようになれだわ。

ミシェルに連れられて行ったのは大きなアパートで、そこにはアフリカの彫刻や変わった形の鉄製品が飾られていた。

「どう？　モンテネグロで見つけたこのアーティスト。村の鍛冶屋で、ほんとに頭のおかしい奴なんだ。着た切り雀で、破れるまで同じものを着てる。鉄芸術の絶品を作るのはいつも夜だけ。古びた水車小屋でね。バルカン的な気味悪さじゃない？」

夢は続いている。ミシェルのことをとくに感じのいい男だとは言えなかった。面白いけれど危険だ。ジェーニャは家の奥に連れていかれた。ドアを開けて入った部屋は窓がなく、壁に長い鏡がついていて、ミシェルが壁の一部をずらすと、中には肩紐で吊るされたドレスが何着もあってブティックのようだった。

『クローゼットね』ジェーニャは勘を働かせた。

「妻のエスペランサはもう半年も入院しててね。これは彼女のドレスなんだけど、ちょっと借りよう」ミシェルは優しげな手つきであれでもない、これでもないと衣装を選んだあげく、青いドレスを取りだした。「エスペランサは八号だけど、君はたぶん十二号だよね。でもエスペランサはゆったりしたのばかり好きだったから大丈夫だろう。ほら、バレンシアガ[注1]のだ。これ着てみて」ミシェルはハンガーから青いドレスをはずした。

ジェーニャはジャケットとスカートを脱いだが、とくに違和感はなかった。ミシェルはプロとして振る舞い、ジェーニャを興味津々といったふうだが友達として見ている。ジェーニャは、十五歳年の差があるのだからこれくらい自由にしても大丈夫だと思いながら、青いゆったりした服を身につけた。

「素晴らしい」ミシェルはオーケーを出すと時計を見た。「さあ行こう」

またしてもジェーニャは何も聞かなかった。奥さんのことも病院のこともミシェルはモスクワでは一言も触れていなかった。話題は娼婦のことばかり。だいたい彼が結婚しているということだって知らなかった。ジェーニャが思ったのは「今朝ブティルスカヤ通りでオートミールを煮たのは、本当に私だったのかしら」ということだった。

「この近くなんだ」

十分ほど行ったところで車が止まった。ミシェルが眉間をこする。

「話したかどうか覚えていないんだけど……。あのね、スイスでは売春は公式には禁止されている。女の子の働いているナイトクラブやキャバレーやバーはあるよ。ストリップクラブのような特殊な娯楽施設もある。ここに働きにくる娼婦の大部分は、アーティストビザでやってくる。キャバレーの芸人という身分だ。ストリップさ。わかる？　そういうクラブはたいがい午前三時まで営業している。女の子は客を『アフター』で連れて出ることができる。そんなのはその子の自由だし、告発されなければ税金だって払わなくていいしね。ロシア人の立場がいちばんきつい。大部分の女の子がマフィアに頼っているからね。つまり稼ぐ金のほとんどをマフィアがピンハネしてしまう。手を切ろうとしてもまず無理だ。僕は何とかして彼女たちを助けたい。状況は危険きわまりない。売春が合法化したら、彼女たちにとってはそのほうがはるかにいいんだろうが……。社会が情報化すればするほどやりやすくなるはずだ。まあ、すぐにわかるよ。ここにはタマールっていう知り合いのロシア人がいる。ショーの後ヒマだったら話すといい」

ミシェルはいたるところで知られている。入口で守衛が手を振ってとても小さな声で何か言った。ミシェルが答えると、ふたりで笑いだした。私のこと笑っているのかしら、とジェーニャは思った。ここではもちろん、私は無用の長物よ。

少し低くなっている薄暗い部屋に入ると、まわりを小テーブルが囲み、真ん中がサーカス場のようになっていて、花輪を巻きつけた縄梯子《なわばしご》が天井から降りている。演奏されているのは半ば東洋的な奇妙な音楽だ。人は少なく、テーブルの半分くらいが空いている。女の子だけの、つまり客がいないテーブルもある。仲間うちで何か話しているように見える。アジア系の女の子がミシェルに会釈し、肌の黒い別の女の子がこちらのテーブルにやってきた。ミシェルがロシア人のタマールのことを尋ねると、その子が頷いた。

タマールは客の相手をしていることがわかった。今しも出番を終えたところで、見に来ていた客が酒を飲みに来るよう誘ったという。かなり離れたテーブルについている。ジェーニャは、遠くからこのロシア人女性をじっと眺めた。タマールは馬に乗ったアマゾネスのように、椅子に横向きに腰かけている。細くまばゆい足がラッカーを塗ってあるかのように輝いている。ストッキングが特殊なのか、クリームでも塗っているのかジェーニャにはわからなかった。

ミシェルはワインを注文したが、ワインリストを給仕に返さないでジェーニャに見せた。

「料金見る？」

でも外貨なのでピンとこないでいると、ミシェルが説明してくれた。施設の収入の大部分がアルコールの販売で得る利益だから、ここではふつうの十倍の値段で売っているという。中程度のシャンペンで三百ドルもする。このクラブでは入場料は取らないけれど、酒を飲むよう勧められる。そして最初のワイン一杯分が入場料を支払ったも同然になるのだ。女の子はふたつのカテゴリーに分けられる。ショーに出る子と出ない端役。

「ほらほら！」ミシェルが舞台のほうを示すと、照明が差しこんでいる。「今からショーが始まる。この出し物は僕も見たことがないんだ。前はこんなブランコなかった」

音楽に合わせて背の高い女の子がふたり出てきた。ひとりは赤い水着の上に、長くて透けたレインコートをはおっており、もうひとりは黒い水着だ。

「ふたりとも性転換してるんだ。君は運がいいよ。これがいちばんいいショーだからね。噂に聞いたんだが、アルゼンチン出身らしい」

「ということは男の人だってこと?」現実からかなり遅れているジェーニャは仰天してしまった。

「男だったが、今じゃ言うまでもなく女だ。それに、本来の女には味わえないほど女の本質を楽しんでる。まあ、そのうちわかるさ」

性転換者ふたりがブランコを揺らし、ブランコといっしょに自分たちも揺れながら、やがて互いに手足を複雑な形にもつれさせて梯子に絡みつくと、レインコートがはためき、緩やかな揺れのリズムに合わせて髪が滑らかに動いた。ふたりは、手足をもつれさせた格好をうまい具合に保ったまま、少しずつ上へよじ登っていく。

やがて上からふたりの透き通ったレインコートが落ちてきた。上のほうでふたりは互いの体を離すと、相手の着ているものをそれぞれ熱心に脱がせた。ブラジャー、ベルト、パンティを取ると、秘められた部分に豪華な刺青がしてある。しばらくすると、真っ裸になったふたりは、胸やおなかやお尻をくねらせながら縄梯子を降りてきた。ジェーニャは大きく目をみはって、せめて何かふたりの元の性別をうかがわせるような跡でもないか見つけようとしたが、ふたりのうちの一方が、女の子にしては手のひらが大きすぎると感じるのが関の山だった。

「ミシェル、どうしてあの子たちが性転換者だってすぐにわかったの？　目立つ特徴みたいなものがあるの？」ジェーニャが小さな声で聞くと、ミシェルは待ってましたとばかりに熱っぽく語りだした。

「とても目につく特徴がいくつかある。足の大きさと手の大きさに注意してみて。これは変えることができないんだ。それから肩の筋肉の隆起。これは切除するのが難しい。でもいちばん大事なのはウエストだね。男は胸郭が円筒状だから、ウエストのほうに向かって細くなるということはない。それに対して女は円錐状なんだ。だからこれがいちばん確かな特徴だろう。あと首も見て。喉仏がわかることがあるから。これも外科的な処理をして取り除けるものじゃない。僕は、性転換者を扱ったストーリーを作ったことがあるけど、胸や尻を膨らませるなんてのは外科医にとっちゃ何の造作もないんだ。特殊なゲル、シリコン。もちろんホルモン剤もだ。あとでまた話そう。ほらタマールだ」

わけもなく微笑みながらこちらにやってくるのは、危うげな足をしたか細い女の子だ。ミシェルが立ちあがってキスを交わし、ジェーニャを紹介した。

「モスクワの知り合いだよ。君のことを話したら、知り合いになりたいそうだ。ジェーニャっていうんだ」

ジェーニャはタマールを見て目をみはった。外見は胸を打つほど素晴らしい。口は子供のよう、目はパッチリしていて、髪はアップにして頭のてっぺんでお団子を作り、小顔の両横にバラ色の耳がぴんと立っているのがおかしい。十八歳になったのはとっくの昔だろうが、表情はあどけない。

「ほんとにモスクワ？　わあ、すごい！　私、生まれてからモスクワって行ったことないんです。ヘルシンキやストックホルムなら行ったし、パリも行ったけど、モスクワは行ったことないんです。私はハリコフ出身。ご存じですか？」かなりはっきりしたウクライナ訛りだった。

「飲むかい、タマール？」ミシェルが聞いた。

「いえ、飲まない。でも、ミシェル、注文はしてくれる？　置いとくだけでいいから、ね？」そして今度はジェーニャに話しかける。「ここには長くいるんですか？　仕事ですか、それとも何か別のこと？」

「十日ほどの予定で遊びにきたの。ここであなたたちがどういう暮らしをしているか見にきたの」ジェーニャは微笑み、ウインクのような動きをした。少なくとも、ミシェルには気づかれないように目を動かした。ここだけの話、女同士のね。

この動作は魔法のような効き目をあらわし、タマールはロシア語でぺらぺらしゃべりだした。

「どうしてここに残らないの？　言葉はできるんだし、まだそれほど年じゃないし。労働許可をもらったら稼げるわよ。ひとりハリコフ出身の人がここでお手伝いさんをして働いてるけど、二家族養ってて、息子さんはもう車を買ったんですって。スイスの人は金離れがいいの。もちろん私たちにはそれほど大盤振舞いしてくれるわけじゃないけど、それでもけっこうな実入りになる。ピンハネがなければね。あなた、この人とは前から知り合いなの？　ちょっと話をして頼んだら？　変な人だけど、だれでも助けてくれるわよ。そうでしょ、ミシェル？」タマールはさっさとドイツ語に切り替えて付け加えた。「あなたのこと、いい人だって言ってるの、そうでしょ?」そして長い指でミシェルの陽に焼けた首筋を撫で、ミシェルがその手にキスした。

ジェーニャは、はてしなく続く夢を見ているような奇妙な感覚に苦しめられている。面白いけれど、そろそろ目を覚ましたい。

「ここには長いの?」ジェーニャは聞いた。

「一年半。それまではフィンランドで働いてたの。でも、ここにいるのは秋までよ。秋になったら出ていく。スイス人のフィアンセがいるの。銀行を経営している人。だから私は契約が終わるまでお勤めしたら、さよならよ」タマールは勝ち誇ったような笑みを浮かべ、首を一振りして、まとめてあった髪をほどいた。シャンペンを一杯飲みほし、ミシェルのほうに乱暴な身振りをして「もっと注文してくれない」と言った。

ミシェルは立ちあがった。

「バーで注文してくる」

自由に話ができるよう、ふたりだけにしたのだ。

「それにしても運がいいわね、フィアンセを見つけたなんて」ジェーニャが感心したように言った。「素敵な人なの?」

「だからスイス人。スイス人はみんな素敵よ。みんなお金持ちで欲ばりで、きれい好き。鈍くて、人生の何たるかわかってないけれど、お金はたくさん稼ぐ。私はたしかに運がいいわね。

彼の家は庶民じゃないの、おじいさんからして銀行に勤めてたんですって。それに欲ばりじゃないし」タマールは、か弱げな手を前に出した。中指で指輪が光っている。「わかる？　プレゼントしてくれたの！」

「で、ご実家ではあなたがここで結婚するってこと知ってるの？」ジェーニャは、ウクライナの過去のほうに釣り竿を投げ入れた。

「実家……まさか！　実家なんてどこにあるのやら。家出をしてもう十年になる。十四にもなっていなかったの」

「十四歳？　両親とうまくいかなかったの？」

「うまくいかなかったどころか！」タマールは鼻で笑った。「母は素晴らしい人だったわ。父は船長で、白い制服に錨の記章がついた制帽をかぶってた」

タマールはちょっと口をつぐんだ。何かの考えが小さな頭の中を巡りだしたようだ。

「当時セワストーポリに住んでたんだけど、船で爆発が起きて父が死んでね。私はまだ小さかった。母は美人だったから一年後には再婚したんだけど、義理の父になったのが、わかるでしょ、義理の父、とんでもない奴だったの。私をめちゃくちゃひっぱたいたり、ベッドに括りつけたり。母は当直制の仕事をしてた。あいつは、母がいるときは何事もなかったような顔をしてるくせに、母が家を出るや飛びかかってきたわ。ケダモノ、サディストだった。でも私、母には言いつけなかったの。母がかわいそうで。そのうち私が大きくなると、からんでくるようになった。酔っぱらうとからむの。レイプされて家を飛びだした。それなのに、実家ではどう、なんて」

「かわいそうに。ひどい目に遭ったのね」ジェーニャは同情した。

タマールの本名はジーナだったが、本当に大変な目に遭ってきた。出身はハリコフの市内でもなく、ハリコフ州のルベジノエという工場町の化学工場に勤めていた。じつは母親も「素晴らしい人」ではなく、酒飲みの生産労働者でシングルマザーだった。立襟の白い制服姿の父親というのも、子供のころ自分をレイプした義父も、想像の産物以外の何物でもなかった。でも、ジェーニャがそれを知ったのは二日後、リマト川の河岸通りをタマールと歩いているときだった。

「そうね、いろんなことがあった。ブリャンスクのおばの家に住んで、働きながら勉強してたら、ボーイフレンドができた。お金持ちでハンサム。好きだったから結婚しようってことになって。結婚届けも出した。白いウエディングドレスも、ダイヤモンドも、必要なものは何でも買ってくれた。披露宴の会場は百人の席を予約したの。花だけで千ドルもするのが届けられた。結婚式当日の朝、彼は車の中にいたところを射殺されたの。運転手とボディガードも一緒に」

タマールは目頭にたまった小さな涙を払った。髪を直すと、またネズミのような形をした丸い耳が見えた。手の指は短いが、爪を長く伸ばしてマニキュアをしている。もうさほど若くはないが、目のまわりの皺をファウンデーションでカバーしているのでよけい子供っぽさが痛々しい。ジェーニャは、気の毒で胸を締めつけられた。もうすぐ三十になるというのに、いまだにおとぎ話の世界で遊んでいるなんて。

「ここ、チューリヒにひとりモスクワ出身のリューダっていう友達がいるの。リューダもやっぱり前はこのビジネスをしてた。私たちのクラブじゃなくて「ヴェニス」っていうとこだけどね。結婚してもう二年になる。ご主人は銀行を経営してる人。ふたりであちこち旅行してるわ。チューリヒに二軒、ミラノに一軒家を持ってる。リューダはもちろん超一流、四ヵ国語もできるのよ。何でも知ってて、音楽でも絵でも話題にできる。去年故郷《くに》に帰ったわ。そんなことだれひとり考えもしないのに」

「どういうこと、とっても高いから？」ジェーニャがまったく馬鹿げた質問をするので、タマールは笑いだした。

「高いからどうのってことじゃない。高いのは当たり前じゃない。危険なのよ！　だって、こっちに帰してもらえなかったらどうするの？　私たちはずっとここで何とかかんとかやってるのよ。部屋代に二千フラン、衣装はすごく高いし、パンティはどれも百フランはするし、ブラなんてだいたいが三百フラン以上。髪のクリームを買ったらおしまい。食費だって残らないくらい」タマールはほっとして、ぎこちなく指を広げた。「まあ、私はもちろん大丈夫よ。フィアンセはフランツっていうんだけど、フランツと知り合う前にもお客は何人かいたの。私は百フランじゃやらない。一晩千ドルよ。それにしたって、ここは暮らしていくのがほーんとに大変なの」

「戻る気はないの？」ジェーニャがまた愚かなことを口走るので、タマールは笑いだしたが、あまり大きな声だったので、隣にすわっていたカップルがこちらを見た。

「あなた、いかれてるんじゃない？ 私があっちで何するっていうの？ 駅で客引きする？ ここならちゃんとした仕事、ビジネスがある。キャバレーで働いてるんだから！ あっちじゃ、まともな生活ができるようになるのに千年はかかるでしょう。ひょっとすると、いつまでたってもそうならないかも……」

テーブルにはとっくにシャンペンが来ていた。タマールはまったく気づかず無意識のうちに飲み干した。

アル中の初期だ、とジェーニャは思った。

ミシェルはモロッコ人の女とバーにいた。最初にタマールを呼びだしてくれたのがこのモロッコ人で、正真正銘の美女だった。ジェーニャはミシェルと目を見合わせた。タマールはその視線を捉えて言った。

「ここにはいろんな女がいるのよ。黒いのもいれば、やぶにらみもいる。私は友達とふたりで最初、黒人の女の子ふたりと一緒に部屋を借りてた。まったく田舎者で呆れちゃう。その子たち肉を生で食べてたわ！ そのうちひとり死んで、もうひとりは引っ越しちゃった。だから私たち、故郷《くに》から来た子たちを住まわせてあげたの」タマールはまたはっとした。「これ、ずっと前の話よ。今はひとりで部屋を借りてる」

ドアマンがタマールに合図を送ってよこした。彼女は身震いした。

「きっと遊びにきてね。ミシェルに私の電話番号聞いて。よかったら昼間散歩でもしない。チューリヒを案内するから」

ドアマンがまた手を振って合図するので、タマールは出口に向かった。そこには黒いレインコートを着た男が待っている。

翌日は無駄に過ぎた。いつものんでいる薬もまったく効かず、頭痛が続いた。二時までごろごろしているとレオが電話してきて、今からそちらに寄るという。ジェーニャはすぐにでも出かけられるよう支度したのに、レオが姿を現すまで二時間も待たされた。彼は金の入った封筒を持ってきた。必要経費用だという。

夜の十一時、またレストラン、ストリップショー、バーというコースをたどった。ミシェルはまた高いレストランにジェーニャを連れていったが、道々フランスとスイスとドイツの富の微妙な違いについて一席ぶった。スイスの富はいちばん愚かしいという。ミシェルは愛国主義者にはほど遠く、ほとんどひっきりなしに自分の国を批判しているので、ジェーニャは内心、自由な芸術家なのにどうして別の場所に行かないのか不思議に思ったが、さしあたり聞かないでおいた。

この夜の前半は、バー「エクス・エル」のラーダが取材の主な対象になった。ぽっちゃり太っていて、ややくたびれた大きな胸をしており、看護婦のようにも、保母のようにも、美容師のようにも見える。食堂で働く給仕のようにも、高級食料品店の店員のようにも、クリーニング店の受付のようにも見える。それと同時に、セローワ[注2]からツェリコフスカヤ[注3]まで戦後ソ連のスターすべてに似ていた。脱色した髪、つやつやした赤い口紅、広い心。

「初めまして、ラーダ。私、モスクワから来たの。ミシェルがあなたのこと話してくれたわ。

ここの生活をだれよりもよく知ってて、何もかも呑みこんでるって」ジェーニャはそう話しかけた。

「そう、ここのことは何でも呑みこんでるわよ」ラーダは微笑んだが、すぐに笑みは消えた。「何にでも通じてないと、それこそお陀仏だからね。わかる？」

「ここには長いの？」この質問はいただけないが、しないわけにもいかない。

「ここは三年になるね、その前は西ベルリンで働いてた」

「どっちがいい？」

「ここのほうがいいわね、比較にならない。物もそろってるし、いろんな点で。酔っぱらったドイツ人って嫌な客だけど、こっちはぜんぜん飲まないの。こっちの人のほうがはるかにまともよ。まあ、よそ者はピンからキリまでごちゃ混ぜだけど、それはどこも同じでしょ。でもチューリヒにはチンピラが少ない。物価が高いからチンピラが来ないのね。私はここで満足してるわ」田舎の教師のように誇らしげにラーダは言った。

「実家に帰ろうとは思わないの？」ジェーニャは聞いた。

「前はそう思ってたけど、今は違ってきちゃった。結婚するつもりなの」体の中から静かな微笑みが湧いている。

「ほんと？　相手はスイス人？」ジェーニャは嬉しくなった。

「銀行を経営してる資産家、ガキじゃない。肝心なのは地元のいい家の出だってこと。いとこもはとこもみんな銀行関係なの。ひいおじいさんもよ」どこかで聞いた話だ。

「かなり年上なの？」

「四十二歳。だけど結婚したことないの。私は三十四。そろそろ落ちつかないとね」ラーダは赤い口紅を塗った唇で微笑んだ。口紅はむらなく、ひび割れもまったくなく輝いている。特別な化粧品なのかしら。「赤ちゃんがほしいの。ヘインツは子供好きなのよ」

「それにしても、いったいどうして外国に来ることになったの？」ジェーニャは核心を突く質問をした。

「話せば長くなるけど」ラーダは謎めいた微笑みを浮かべた。ひとこと言うたびに微笑むので、いつも笑っているように見えるが、神経的なチックのようなものだろう。「亡くなった婚約者の友達が助けてくれたの。私が家出をしたのは早くて、十四のときだった。働きながら勉強してて、ある人に出会ったの。小説みたいだった。金持ちでハンサムな音楽家。アンサンブルで演奏して、あちこち飛びまわってたわ。ところが結婚式の前日に、想像できるかしら、殺されちゃったの。ひょっとしたら新聞で読んだんじゃない、とっても有名な事件だったから。運転手も射殺された。知らされたとき、私、完全に意識を失って二ヵ月入院したわ。自殺しようと思った。でも彼の友達が助けてくれて、自分のバックダンサーのグループに入れてくれたの。で、その人たちと一緒に巡業に出たけど、そのうち逃げだしたの」そう言ってまた謎めいた雰囲気を醸しだす愚かしげな微笑みを浮かべた。

「かわいそうに。ものすごくいろいろ辛い目に遭ったのね」ジェーニャは同情した。「ご両親ともきっと何年も会ってないんでしょう」

「親は関係ないわ。父は遠洋航路の船長だった。うちに遊びに来たら、ここからすぐ近くよ、写真を見せるわ。ハンサムで、白い制服の晴れ姿。爆発が起きて、若くして死んじゃったの。母は無力で、甘やかされてた。わかるでしょ、遠洋航路の船長の奥様だもん。父の助手をしてた男と再婚したんだけど、これがひどい奴で、私をひどく殴ったり、いじめたり。大きくなったらレイプされたから家出した。今じゃもう、あれこれ思いだしたくもないわ。でも、ね、なんとかなるものね。母は、私が家を出て間もなく死んだ。だからヴォログダにはもう何もないの。がらんどうのようなもの」

ミシェルは行ったり来たりして飲み物代を払っている。みな満ち足りた思いだ。ジェーニャは、二箱目のタバコを開けている。明日はまた頭痛ね。

「ヘインツと結婚したら商売を始めようと思ってるの。小さなクラブでも開こうかなって。でも場所がよくないとね。『ロシア・クラブ』って名にするの。悪くないでしょ？　ここはあまりいい地域じゃないから。私が自分でロシアから女の子たちを連れてきてもいいわ。今じゃビザを取るのも楽になったから」ラーダは急に活気づいた。「ひとりリューダってモスクワから来た子がいるの。知り合いだけど、それほど親しいってわけじゃない。私の親友が仲良くしてる。リューダはストリップクラブを辞めてもう二年になる。今は銀行のオーナーと結婚して、景気いいみたい」

胸の谷間に埋まっている金の鎖に丸いものがぶらさがっている。ラーダはそれを取りだしてくるりと回した。

「ヘインツが時計をくれたの。私、二十分したら出番なんだけど、見たらきっと頭がくらくらするわよ。私の出し物はれっきとした舞台になってて、ただの見世物じゃないんだから。ひと働きして戻ってくるわね」ラーダはにっこり微笑んだ。

ストリップショーには、「剝きだし」つまり装置が何もないもの、装置のあるもの、ペアのもの、男性ストリップ、女性ストリップ、最後に連続ストリップというのもあって、これは、気前のいい客に最初から最後まですべてを特別料金で見せるというものだ。

ラーダは椅子を持ってショーに臨んだ。椅子が彼女の性的パートナーなのだ。椅子を撫でたり、舐めたりした。舌が大きくて赤く、銀のピアスや小さな鈴をはめている。椅子がラーダから手袋やガーターやパンティを脱がせているように見える。お臍には、四十カラットの人工エメラルドがはまっている。ラーダは芸術的な欲望に熱中して椅子に身をまかせている。

拍手が起きた。ラーダは酒席に誘われたりダンスに誘われたりした。今日は絶好調なのだという。ジェーニャにそう教えてくれたのはミシェルだった。

「彼女、今日はすごく乗ってた。今日撮影しておけばよかったな。ベテラン女優だから、カメラの前でも物おじしない」

なるほど、つまりカメラの前で物おじする人もいるっていうことね。これは面白い。ホールにいっぱいの男性客の前では物おじしないのにね。

出し物が終わってからラーダがジェーニャのところに戻ってくるまで約一時間半かかった。

「ねえ、どうだった?」

「ラーダ、よかったわ！　これまで見た中で最高」ジェーニャが見たストリップショーは全部で二回。昨日と今日。昨日のショーも悪くなかった。

またテーブルにつくと、同じことが繰り返された。船長の父、乱暴者の義父、婚約者……。なんだかおかしい。同じ話を聞くのは二度目だ。

ラーダの本名はオリガといって、イワノヴォ出身だった。専門学校を出て、紡績工として働いていたが、半年間ごとの給料が支払われなかったので、ペテルブルグに行って娼婦をした。いい稼ぎになったという。一晩で、工場で働く半月分になった。これは二日後、レーニンがシュトルーデルを食べたというカフェにいたときにラーダが告白したことで、今のところ話題はここの生活についてだった。

「女の子たちの話に耳を貸すことないわよ。私たちの給料じゃここではやっていけない。せいぜい部屋代を払って洋服代が出るくらい。ここは洋服が高くて」

洋服というのは、スパンコールのついたパンティや、ガラス玉をちりばめたブラジャーや革の何かのことだ。それから舌につける小さな鈴、エメラルド。「作業着ね」とジェーニャは内心で笑った。

「食費は何とかやりくりするしかない」ラーダは愚痴をこぼすが、同時に、鼻にかけていることもある。「たとえば私には贔屓のお客さんがいて、一晩千ドルくれるけど、ここの女の子たちったら、二百フランでも寝るのよ」軽蔑したように顔を歪めた。「それに私がここで働くのは秋までなの。秋になったら、ヘインツと結婚して商売を始める。彼、銀行を経営してて、私を支援してくれる。ひとりモスクワ出身のリューダっていう友達がいるの。うちでも働いてたけど、彼女、結婚して自分で商売始めたの」話は堂々巡りだ。

そう、もちろん、この人たちのアル中は職業病だわ。ミシェルに頼んでそのリューダと知り合いにさせてもらおう、とジェーニャは心に決めた。

なんとミシェルはリューダのことをよく知っていた。今は旅行中だけど、帰ってきたらすぐに紹介するという。

ジェーニャは夜の当直を続けた。二日、三日、四日。リガ出身のアエリータ、サラトフ出身のエンマ、ヴォルホフ出身のアリサ、タリン出身のアリーナ。夜になるとバーに陣どって女の子たちと少しずつ飲んでは、あれやこれやおしゃべりする。夕方からアルカセルツァー鎮痛剤を飲み、朝アルカセルツァー鎮痛剤を飲む。前の晩聞いたことを書き留め、女の子と会ってぶらぶらする、つまり上品なカフェにすわってミシェルの金で奢る。テレビ局が代金を支払ってくれるのだ。ケーキを食べながら、ずっと話してばかりいた。みな自分のことを打ち明けるのが好きなのだ。研究者として経験を積んでいたジェーニャは、いくつもの悪気のない法螺話を分析して、流れをひとつの典型的な型にまとめてみた。

ミシェルが現れるのはいつも夜になってからだ。相変わらずとても感じがいいが、奇妙だ。突然、奥さんのエスペランサのクローゼットからドレスを山のように持ってきて、ジェーニャのベッドに放り投げた。

「こんな忌々しいぼろきれ、だれにも必要ないんだ！　全財産が水の泡だ！　かわいそうな猿」

そう言って泣きだした。ジェーニャはまた何も聞かなかった。別のときには、仕事をするためにジェーニャとバーに行き、暗い顔でじっとしていたかと思うと、どこかに姿を消し、三時間して閉店間際に戻ってきたりした。顔中、黒っぽいシミが出ている。目がまたしても青い光をたたえている。二週間のうちに目の色が二度も変わるなんて、そんなの見たことないわ。宿まで送ってきてくれ、道すがら子犬のようにはしゃいでいた。

「たぶん神経衰弱ね、こんなに気分の落差が激しいところを見ると」とジェーニャは思った。

寄宿舎のドアのあたりまで来ると、ミシェルが言った。

「もしなんなら君のところに泊まろうかな、どう？」

「ミシェル、あなたは私の息子といってもいいくらいなのよ」

「そんなの、何の意味もないよ。『ええ』って言ってくれたら泊まるから」

「だめよ。帰って寝なさい。あなた疲れてるんだから」

「いや、そんなことない……。タマールのところに寝に行こう。それともアエリータにしようか……」

ようやく実務の打ち合わせになった。ブリーフケースを持ったプロデューサーのレオ、気が遠くなるような香水の後光を放っているミシェル、小さな字でびっしり書きこまれた紙を十枚も用意しているジェーニャ。

「登場人物が七人いて」ジェーニャが口火を切る。「真実だという話を七つ聞いたの。信憑性があるかどうかは保証できないけれど、まあ、真実に近い話が七つと思っていいでしょう。それから、そういった個々の話を超越した物語がひとつある。それがまさに、ミシェル、あなたが足りないと思っていた鍵よ。どういうことかというと、まずは女の子たちが揃いも揃って同じ架空の物語を話して、そこにはかならずいいお母さんといいお父さんが登場する。父親のことを白い制服を着た船長というふうに言ってたケースが五つもあった。それからお父さんの死、少女時代のレイプ、たいていの場合、その義理の父親にレイプされてる。家出、恋人との出会い、婚約者が突然死ぬために流れてしまう結婚式……」

ミシェルは質問したがっていたが、ジェーニャが身振りで押しとどめた。待って、私が先に話してからにしてくれない。ミシェルはじれったそうにテーブルをこつこつ叩いている。

「婚約者が死んだ後、婚約者の友達というのが現れて外国行きを手助けしてくれる。その男がじつはろくでなしで、商売女になる道に引きずりこまれてしまう。と思うと今度は素晴らしい人に巡りあう。おおかたこの新しい婚約者は銀行の経営者だけれど、ときには企業家ということもある。そしてこの婚約者ともうすぐ結婚することになっているの。

たぶん彼女たちはみんな同じ本を読んでいるか同じ映画を見ていて、それがすごく印象に残っているんだと思う。ミシェル、まったくあなたの言うとおりよ。私たちが関わっているのは、とても無邪気なタイプの人たちで、そういうタイプには実際とても感動的なところがあるわ。最後に言っておきたいのは、女の子たち全員かほとんどが、モスクワのリューダっていう名前を出していること。地元のヒロインといったところかしら、神話的な人物なのね。そのリューダに会わなくちゃいけないと思うの。これから書くシナリオのキーパーソンよ」

ミシェルは立ちあがると、ジェーニャに飛びついて何度もキスをした。

「すごいよ！　ドキュメンタリーなんて糞喰らえだ！　白い制服の船長、乱暴者の義父……。で、女の子のほうはロシアのロリータのようなもので、家出するんだ」部屋の真ん中に立って両手を広げたミシェルは、この日は黒くなっている両目から涙を流している。「彼女は道端に立ってヒッチハイクしようと手を挙げ、傍らをトラックが次々と走っていく。荷物を積んだドイツのトラックだが、一台も止まってくれない。雨が降っている……。そして結婚式前日に殺される婚約者、ロシア・マフィア、すごい！　オスカー候補になる！　ナタリー・ポートマンを主役にしよう！　ああ！」ミシェルは唸り、心臓のあたりを摑んだ。それからまた立ちあがり、ジェーニャに飛びついて何度もキスを浴びせた。

「ドストエフスキーみたいになるぞ！　もっといいくらいだ！　リューダとは今夜会うことになっている。昨日戻ってきて電話をくれたんだ。まあリューダはまったく必要ないけどね。僕はもうドキュメンタリー映画なんか嫌になった！　劇映画を作ろう！　くだらないドキュメンタリーなんかどうでもいい」

レオは素知らぬ顔をしていたが、ミシェルがこの猛烈な独り言を終えると、驚いたように太い両手を広げ、唇をとがらせて言った。

「ミシェル、君は好きなようにすればいい、でも僕はそのプロジェクトには加わらないよ。スイスのテレビ局にドキュメンタリー映画を作ってくれということで雇われたんだ。そんなプロジェクトじゃ……。半年か一年かけてスポンサーを見つけなくちゃならない。でも今回僕は自分の金を出資しようとは思わない」

ミシェルは笑いだした。

「レオ、まったく子供みたいな奴だな！　全体の四分の三をロシアでロケできるようにジェーニャがシナリオを書いてくれるさ。必要なものは向こうで揃えよう。ただみたいなものだぞ！　ロシア人カメラマンを雇えばいい。何人か天才的なカメラマンがいる！　作曲家も！　アーティストも！　機材とフィルムはわれわれのを使う。三コペイカで映画一本出来上がりだ！　いいだろう！」

「いや、だめだ。ばかばかしいアイディアだ」レオは引きさがらない。

「わかった！　いいと思わないなら、もういい！　ジェーニャがシナリオを書くから、シナリオができた段階で話しあおう。シナリオの支払いは僕が自腹を切る。それでいいだろ！」

その後の展開は映画のようなスピードだった。リューダと会う場所は、かつて彼女が働いていたキャバレーということになった。もう若くないドイツ人経営者は、早くも一九六〇年代に東ベルリンから逃げてきた女性で、ジェーニャはもう知り合いになっている。名前はインゲボルクといい、大変なキャリアの持ち主だった。一介の売春婦からキャバレーのオーナーになったのだ。いい人で、女の子たちに好かれている。リューダのことは、自分の手がけた最高の産物として誇りにしていた。

リューダはなかなか現れず、一時間も遅れてようやくやってきた。背の高いブロンドで、大きな歯をしていて、眉間は低くなっている。「若き死」のように美しく、「オートクチュール」のモデルのようにエレガントだ。夫はバラ色の丸パンさながらで、リューダと並ぶと彼女の胸のあたりまでしかなく、愛想のいい明るい顔をしている。心を込めたキスを交わした。ミシェルはリューダの手にキスしたが、演出家の習性が身についてしまったジェーニャは、こういうことをするのは特別な敬意が込められており、かつて今よりも親密な関係があったのだなとわかった。

リューダが話しだすと、これがまた素晴らしく素敵だった。いっぺんに四ヵ国語使いわけるのだ。ジェーニャとはロシア語、ミシェルとはフランス語、インゲボルクとはドイツ語、そしてロカルノ生まれの夫とはイタリア語である。

「リューダ、あなたったら言語学者みたいね！」ジェーニャが感心して声をあげた。「こんなに上手に外国語を話せるなんて」

「言語学者なもんですか。私はモーリス・トレーズという名の外国語大学を出たけれど、あそこで育ててるのは言語学者じゃない。通訳や翻訳者よ……」リューダは歯の目立つ口元をゆるめて微笑んだので、ジェーニャはますます驚いてしまった。外見は力強いとはいえ、どこからどう見ても商売女だ。それなのに、語彙の豊富なことといったら、いい家に育った都会の女性のようだ。きっと実際にそうなのだろう。

リューダの話は、他のどの女の話とも違っていた。立派な家庭に生まれ、祖父は教授、アパートはクロポトキン通りにあったという。人々に尊敬される両親。幼いころのレイプなんてまったくなかった。それどころか、音楽学校、学者会館のサークル、新体操。大学は優等の成績。同級生との初めのうちだけ幸せな結婚生活、外国への赴任。ところがひどいトラウマに見舞われる。夫がホモセクシュアルだということがわかり、リューダのもとを去って他の若い男のところに行ってしまったのだ。その結果リューダは神経がずたずたになり、仕事もくびになってしまった。身を落ちつけるのは難しく、ストリップショーに出るようになる。ここチューリヒは生活費がとても高くて、給料だけでは部屋代が払えるか払えないかといった程度なので、夜はストリップショー、昼間は通訳をした。かろうじて頑張ってきた。そのうちアルドと出会った。ちょうどここ、このクラブで知り合った。彼は銀行経営者で金持ちだから、リューダは自分の生活をうまい具合に立て直すことができた。

「飲み方もとても上品だわ」ジェーニャは気づいてそう思った。リューダは、来たときから素面ではなかった。でも、話をしている間にシャンペンを四杯飲んだ。

そのうちジェーニャはトイレに立った。ここでちょっと思いがけないことがあった。トイレ番のおばさんもロシアから来たということがわかったのだ。たぶん大きな舞台には馴染めないけれど余所へ行くわけにもいかないという人なのだろう。ジェーニャは用を足してから、惰性でこの女性とも話を始めた。ジェーニャの思ったとおり、クラスノダール出身で、ドイツで働き、今はここにいるという。

ジェーニャは鏡の前に立って自分を見つめ、自分に語りかけた。いったい何だってこんなところに来ちゃったの？

そのとき、優雅に体を揺らし、ドアの取っ手があるたびにそのあたりで軽くよろけながら、リューダが入ってきた。すっかり酔っぱらっている。個室に突進して、嘔吐し、用を足して出てきた。トイレおばさんがすかさずコップを差しだすと、リューダはうがいをし、大きな歯の見えている口に脱臭剤を振りかけた。二人がけの椅子に腰かけ、ジェーニャを見るや、急に親切そうな表情が消えた。まるで化粧を落としたみたいに。タバコを吸いだし、顔を歪め、突然ジェーニャに街娼の言葉遣いで話しかけてきた。

「あんた、ここで何してんのさ？　だれに金もらってんの？　いったいぜんたい何がしたいのさ？」

酔っ払いにはよくあること。リューダはきっとどこか心が壊れちゃったのね。ジェーニャはやさしく答えた。

「シナリオを書いているのよ、リューダ、チューリヒにいるロシアの女の子たちについて。あなたはここのヒロインね。みんながあなたのこと噂してる。モスクワのリューダって」

「で、あんた、手書きなの、それとも録音してるの？」リューダがイントネーションを変えて聞いた。

「まあ、録音機は持ってるわ」ジェーニャは認めた。「でも、今はただ面白いから話しているだけよ。ただ何となく、人間として……」

するとリューダは突然「復讐の女神」そのものに変身した。立ちあがろうとしたが、ソファにどさっと倒れこんだ。

「よお、このアマ、みんなを売り渡そうってのかい？　故郷《くに》でさんざん追いまわしといて、こっちで見つけだしたってのかよ？　その口、引き裂いてやる」そう言ってリューダは、映画俳優がならず者を演じるときのように肩を動かした。

そのとき突然ジェーニャはヒステリックな笑いの発作に見舞われた。

「リューダ、聞いて！」ジェーニャは高笑いの合間を縫って叫んだ。「いったい私をだれと取り違えているの？　どうしたの、頭おかしいんじゃない？　ねえ、私がこれまでクソまみれになったことがないとでも言うわけ？」

ジェーニャがリューダの肩を抱きしめると、リューダはジェーニャの肩に頭を落として、おいおい泣きだした。泣きながら話してくれたのはお馴染の内容だったけれど、才能に恵まれない同僚の女の子たちが話すよりずっと鮮やかだった。

「でも、三ルーブルでフェラしたことないでしょ、しかも三つの駅でよ？　いっぺんに何人もの男と寝たことないでしょ？　玄関先でやったことなんてないでしょ？　そうよ、私はモスクワのリューダ！　女王、クソッタレよ！　ただ私はリューダでもモスクワ出身でもない！　トゥーラのゾーヤなの！　親類に教授なんかいやしない！　ユダヤ人の教授のうちで女中をしてた、そう、働いてたのよ！　その家の孫娘は学者会館のサークルに連れてってもらってたけど、うちはみんな炭鉱夫。父さんも、義理の父親も。母さんだっていまだに鉱山で働いてる。操車係よ。酔っ払いの義父は今刑務所。たぶんもう死んでると思うけど。私十一歳のとき、こいつにレイプされたんだ……。私は金メダルをもらって高校を卒業して、単科大学に入ったの！

それなのに、『ナツィオナーリ』ホテルで警察に捕まってすぐ、ヒック、退学させられて。刑務所に入れられなかっただけましだけど、部署をあげてファックしてから釈放しやがった。私だったら、もしかしたら教授になれたかもしれないのに。もし一年生のときから、ヒック、稼がなくてよかったとしたらね。私には語学の才能があるの。お手の物よ。耳で聞くだけで、教科書がなくてもわかっちゃうんだから」リューダは長くて赤い舌を出して、高度に訓練されたプロの武器を動かしてみせた。

それから後の話は、すべてがそろった筋立てだった。婚約者、結婚式の前日の死、悪党……。酔った涙が流れ、鼻水が出た。リューダはしゃっくりをして、こけた両頬に耐水性のマスカラをなすりつけた。

「リューダ、泣かないで」ジェーニャは肩をさすりながら言った。「ともかくここではいちばんの幸せ者じゃない。みんなが羨ましがってるわよ。ビジネスもやっているし、ご主人のアルドだっている」

「あんた、クソみたいな物書きだね」リューダはいっそう辛そうに泣きだした。「なんで屁ともわかろうとしないのさ、『人間の魂の技師』のくせしてさ！　そうだよ、たしかに結婚したさ！　夫のために汗水たらして働かされてるよ。今日だって三人の客と寝た。四百フラン、すべてコミでね……。ひとりは六十くらいのアラブ人、両刀使いの毛虫野郎。二人目はバイエルンのドイツ人、すごいドケチ。私が自分のコップにミネラルウォーターを注いだら、その水はだれが払うんだって聞きやがった。三人目はね」リューダは大声で笑った。「かわいいの。若い日本人で、アレがほんとにちっちゃいの。でもすごく礼儀正しくて……。千ドルって話は忘れて。ここにいる馬鹿女たちみんなの夢だから。そんな大金はナオミ・キャンベルじゃなきゃもらえないんじゃない」

ジェーニャはリューダをトイレから引きずりだした。バラ色の顔をしたアルドが意地の悪そうな目つきでリューダのほうを見たので、ジェーニャは今しがたリューダが話してくれたことをすべて信じた。

ジェーニャが帰国したのは、それからさらに一日経ってからだった。ミシェルとはシナリオ執筆の契約を結んだ。ろくでもない生活。とんでもなく粗末な嘘。でも真実はさらにお粗末だった。それでもミシェルはおとぎ話が欲しかったのだろう。都市ロマンス。貧しい者たちのためのメロドラマ。無邪気な子、欲張り、お馬鹿さん、お人好し、残酷な子、裏切られた子など世界中の女の子の夢を体現したドラマが欲しかったのだろう。

ジェーニャは前金として千ドル受け取った。女の子たちがみな一晩で手にしたいと夢見ているちょうどその額だ。

帰国すると、生活は夢とはほど遠く、しんどくて神経が磨り減る。ジェーニャは職場に通い、シナリオを書いた。モスクワでは、こんな物語はいよいよナンセンスで余計なものにしか思えない。

一ヵ月半してレオから電話があり、ヘロインの過剰摂取が原因でミシェルが死んだと知らされた。それも、エイズのため入院先で亡くなった奥さんのエスペランサの葬儀をおこなった翌日だったという。レオは泣いていた。ジェーニャも泣いた。この熱に浮かされたような出来事はついに幕を閉じ、すべてに説明がついた。ミシェルの目の色がくるくる変わった理由もわかった。瞳孔が針のように縮まったときに青くなり、瞳孔が開いて虹彩全体を覆ったときに黒くなったのだ――薬の量によって色が変わったのである。

注1　クリストバル・バレンシアガ（一八九五―一九七二）はバスク系スペイン人のファッションデザイナー。
注2　ワレンチナ・セローワ（一九一七―一九七五）はソ連の舞台・映画女優。
注3　リュドミラ・ツェリコフスカヤ（一九一九―一九九二）はソ連の舞台・映画女優。

# 6　生きる術

## 1

あの憎らしいズッキーニのことが何日も頭から離れない。とうとう、色が薄くてまっすぐでつやつやしたズッキーニを五本買った。夜遅くに炒めておいて、翌朝、手早くソースを作り、「リーリャに食べ物を持っていってあげて」とグリーシャに頼んだ。ズッキーニのほかに、ビーツのサラダ、カッテージチーズの和え物《ザマースカ》もできた。リーリャはもう歯がないも同然だ。脳ミソもわずかしかない。綺麗なところもない。正直に言えば、リーリャは、ぶよぶよの大きな体をしていて、「おとなしい善良さ」を持っている。善良なところが「おとなしく」なったのは病気をしてからで、元気だったころはうるさくて、お節介で、大声でわめいて、少ししつこいくらい「私を利用して」と持ちかけてきたものだ。だから、そうしようと思えばだれでもリーリャの人の好さを利用することができた。おかしいのは、リーリャの旧姓がアプテクマンで、職業が薬剤師だということ。[注1] 昔の言い方をするなら調剤師である。三十年の間リーリャは主要な窓口業務に携わり、わけへだてなくだれにでもにこにこ笑いかけ、あらゆる人にあらゆるものを与えよう、手に入れてあげよう、探しだしてあげようとした。ところがその後、激しい脳卒中の発作に見舞われた。肘当ての付いた外国製の上等な杖につかまり、遅れる左足を引きずりながら家の中を歩くようになってもう三年になる。今では左手も見せかけといった感じで、使い物にならない。

ジェーニャは子供のころからリーリャ・アプテクマンがどうしても好きになれなかった。ふたりは、古い通りにある同じ中庭のアパートに住んでいた。この通りは、ふたりが暮らしている間に三回も名前が変わった。両親同士が知り合いで、ジェーニャの祖父が八十歳だったとき、リーリャの祖母に結婚を申し込んだという話まである。当時リーリャの祖母は六十五歳の若いおばあちゃんだったという。でも、そんなことはちょっと信じられない。立派な耳鼻科医で、シューベルトとシューマンを愛し、ラテン語でキケロの文章を読むほど知的な祖父が、リーリャの祖母に何か見出すなんてことがあり得るだろうか。リーリャの祖母は、絹のサイドテーブルのように小さく、いつもにこにこしていて、ウクライナの村特有の歌うような話し方をし、上唇のあたりに黒い産毛が目立つ人だった。当時リーリャがうるさくて粗野で大食いであまりに好奇心が旺盛なものだから、ジェーニャはよく頭にきた。リーリャのほうはいつもジェーニャと仲良くなりたがっていたが、ジェーニャは自分に近寄らせなかった。

やがて離れ離れになり、長い歳月会うこともなく、互いのことなどまるで思い出すことはなかった。きっと死ぬまで思い出すことはなかったかもしれない。もし十年前ジェーニャが、不足して滅多に手に入らない薬を死にかけている母のためにモスクワ中探してまわり、遠い友達とでもいうような人が別の遠い友人である薬剤師を介して必要な薬を手に入れてあげると約束してくれなければ。でも当時ジェーニャは、その薬剤師がまさかリーリャ・アプテクマンであるなどとは思いもよらなかった。結局、然るべき時がくるまでわからなかったわけだが、その薬剤師が突然自分のほうから電話をかけてきて、必要な分量をたしかめ、だれかに頼んでどこかで注文してくれた。最初はなかなかうまくいかなかったが、最初のやりとりから二週間ほどしたころ、また電話がかかってきて、嬉しそうな声で薬が手に入ったと知らせてきた。ジェーニャの母は、そのときはもう別のもっと強い薬剤を服用し始めており、具合はそうとう悪くなっていた。ジェーニャは来る日も来る日も病院で付き添っていた。その薬剤師は、知り合いでもないのに自分から薬を持ってきてくれるという。二つ目の駅近くに住んでいるから、ついでに届けてあげるというのだ。

ジェーニャがドアを開けると、素敵なメガネをかけた見知らぬ太った女性がいて、すぐに声をあげた。

「ジェーニャ！　どうりで、すぐに知ってる声のような気がしたわけよ！　懐かしいねえ！ということは、薬はターニャおばさんのためだったたってことね。ヴィンクリンスチン、手に入れたわよ！　ああ、なんてこと！　ジェーニャ！　ぜんぜん、これっぽっちも変わってないのね！　ウエスト！　ウエストの細いこと！　私のことわからない？　そんなに変わっちゃった？　十八号室に住んでたリーリャ・アプテクマンよ」

ジェーニャは呆気にとられてとまどいつつも、だれかと似たところはないか、何か連想するものはないか絡んだ糸をほぐそうとこの太った女性をじっと見つめた。メガネの下の目の化粧が濃い。太った女性は嬉しそうに話しながら、左右別々のミトンを手からもぎ取り、バッグをふたつ床に置き、三つ目のバッグから薬の入ったボール紙のパックを取りだして、ひとつひとつ上書きをじっくり見分けた。

「リーリャ・アプテクマンなの！　いったい何年ぶりかしら」ジェーニャはたいしてはしゃぎもせずに答えた。

そしてありとあらゆることを思い出した。ピロシキやらチーズケーキやらをいつももぐもぐ食べていた太った女の子。その子の美しい姉。がっちりしていて赤ら顔の父親は企業経営者で、公用車の送り迎えがあったが、やがていつだったか連行されて五年もの長い間帰ってこなかった。リーリャのお父さんが釈放され、老けてうなだれた様子で戻ってきたときのことまで思い出した。それからは店番をしながらドミノばかりしてはその仲間と酒を飲むようになった。すっかり大人になり胸の大きな娘になったリーリャが、ほろ酔い加減の父親を家に連れ帰り辛そうに涙を流している場面まで思いがけず目に浮かんだ。それ以上何も覚えていないのは、アプテクマン一家がどこかへ引っ越してしまったからだ。

「コートを脱いで。なんで入口に立っているの、リーリャ？」ジェーニャは、膨らんでいるバッグを床から腰かけに移し、着古した毛足の長いコートを脱がそうとした。墓石のように重い。リーリャは相変わらず歌うようにしゃべり続けている。

「寄らせてもらうわ、もちろん、寄らせてもらうわ。今ちょうどとてもヒマなの。いつもだったら一目散に帰らなくちゃいけないんだけど、今は冬休みで、娘たちを演劇キャンプに送りだしたとこだし、連れ合いのフリードマンは出張中。ああ、ジェーニャ、あなたが見つかって本当にうれしい！　さあ、今度はいろいろ話して。あなたはいつもどこか人と違ってたわね！　いつだっていちばん賢かった。私はお馬鹿さんだったけど、仲良くしてくれないので怒ってたのよ。だって、あなたは私のいちばんの友達だったんだもん。子供のころは何年も何年もずっと寝る前にあなたに話しかけてた。今だから言うけど、告白してたの」

せかせかと大きな声で抑揚をつけるので、リーリャの話し方は、三年生が詩を暗唱しているかのようだ。

「おなかすいてる？　それともお茶を沸かしましょうか？」ジェーニャは疲れたように言った。十一時だったし、やらなければいけないことが山ほどある。

「いえ、おなかはすいてないけど……。ほんのちょっぴりなら。お茶はもらおうかしら、もちろん」

そこでジェーニャがあきらめて台所に行くと、男物の室内スリッパをぱたぱたいわせてリーリャが後をついてくる。

「それにしてもびっくりした。こんな思いがけないことがあるなんて。中央薬剤局にもクレムリン薬剤局にも電話して、片っ端から関係者にあたって、親戚の者に要る薬なんですってみんなに言ったの。でも本当のことでしょ。だって、あなたは血がつながってるようなもんだから。本当にターニャおばさんがかわいそう！　ねえ、この化学薬品はとても効くわよ、ただ、これ自体がひどく強いからね」

ジェーニャは頷いた。もうわかっているのだ。母が死にかけているのはもはや癌のせいではなく、悪性細胞を食べる化学薬品のせいであり、腫瘍は散らされているのだが、生命力がそれを上まわる勢いで漏れ出しているということを。

「私ね、じつはいつもお宅の窓を覗いてたの。あなたがピアノの前にすわって弾いてた。ピアノの上には燭台がふたつ置いてあったでしょ。それから絵もかかってた。森の風景画で、金色の額縁に入ってすごく綺麗な絵だった。あなたの曾《ひい》おじいさんのことも覚えてるわよ。黒い麦わら帽をかぶって、ポケットにハッカのキャンディをいっぱい入れてたっけ。長靴工場に行くとき、網袋を古い靴でいっぱいにして、中庭の真ん中に立って子供たちにキャンディを分けてくれたことがあったわ」

ジェーニャは胸が痛くなった。こういう思い出は自分だけのもので、死にそうな母のほかにはこの世でだれもあの夏の日の光景を覚えているはずはないと思っていたのだ。記憶のスポットライトに照らしだされた曾祖父が中庭の真ん中に立っている。農奴が解放された一八六一年に生まれ、一九五六年に亡くなった曾祖父。黒い麦わら帽子をかぶり、きちんと刈った頰髯の下に、グレイと青の縞のネクタイが見えている。そして古い靴の詰まった網袋とポケットのキャンディ。すべてが真実だけれど、ジェーニャの個人的な真実だった。それなのに、新アルバート通りの粗悪なアスファルトで圧迫されたあの頃の暮らしを夢に見るのはジェーニャだけではないということをはっきり知っていてそれを証明できる人がこの世にもうひとりいるというのだ。

「リーリャ、まさか本当に覚えているの？」

「もちろん、ひとつ残らず何もかも覚えてるわよ。お宅の女中さんのナースチャも、ネコのムールカも、食堂に置いてあった肩掛けを敷いたソファも。おばあちゃんのアーラ・マクシミリアノヴナは本当に素敵な人だったわね。千鳥格子のスーツを着て……どこからどう見ても外国人だった」

リーリャは鼻音をたてた。

「ポーランド人よ」ジェーニャはささやき声で言った。「そうね、たしかに格子縞のスーツを着ていたわ」

するとリーリャはメガネをはずし、黒っぽい男物のハンカチを出して、流れだしたマスカラを拭き取った。上手にさっとやってのけ、くっついてしまった睫毛を指で元通りにした。それから化粧ポーチを手に取り、中から、ソ連製の粗末なマスカラの入っている小さなボール紙の箱、液体アイライン、携帯用の丸鏡を取りだすと、唇を噛み、膨らみすぎた美貌にファウンデーションの上塗りをした……。それが終わると、みすぼらしい化粧品一式を元どおりにしてバッグにしまい、全体のサイズからすると小さな両手を学校の生徒のようにおとなしく前で組み合わせて、話を始めた。

「私はとても幸せなの、ジェーニャ。連れ合いはいい人だし、娘たちは美人で」

話し方がまったく内容にそぐわない。抑揚がとても悲しげなのだ。リーリャは溜め息をついて付け足した。

「何より幸せだったのは、上の息子の母親だったときよ。息子は十歳のときに亡くなったの」

ジェーニャはまた胸が痛くなった。二度目だ。

「あの子はねえ……。ほんとに天使だった。ああいう人間はいない。私が仕事から戻ると、あの子がソファで横たわって死んでたの。動脈瘤だったんだけど、だれにもわからなかったの」

リーリャは説明してくれる。「健康な男の子で、何も悪いところもなくて、病気なんかしたことなかったのに、突然、学校から帰ってきて死んじゃった。幼い娘たちがいなかったら、首を吊っていたとこよ。ふたりは一歳半になったばかりだったの」

おぼろげな疑惑が頭をもたげた。前にも死んだ子供の話を聞いたことがある。

「お嬢さんたちは……大丈夫なの？」

「お陰様で！　だから言ってるでしょ、生まれつきの美人よ」

リーリャはメガネをかけ、濃く化粧した目でジェーニャの顔をちょっと見てから、またバッグの中をかきまわし、写真館で撮った写真を渡してよこした。長い髪を綺麗に整え、気まぐれそうな唇をした楽しげな女の子がふたり、見事な首を互いに相手のほうへ気取った感じに傾げている。

「でも、話したいのはそのことじゃないの、ジェーニャ。じつは私が生き延びられたのは、神様のお力添えがあったからなの。

息子のセリョージャが神様のもとに導いてくれたの。私、息子が亡くなって半年したころ洗礼を受けてね。親族はみんな、パパはもう亡くなっていたけど、ママも、おばたちも、姉や妹もみんな私と口をきかなくなった。でも、しばらくしたら万事おさまって、それで私も具合がよくなった。つまりね、最悪は最悪なんだけど、セリョージャが私たちの神様を通して私と一緒にいてくれる。あの子がいるのを強く感じるの。だから、私たちキリスト教徒みんなに約束されているとおり、私もこの世でじゃなく、あの世で天使の姿をしたセリョージャに迎えてもらえるんだってわかってるの。ただ、これだけはどうにもならなかった——どうしても泣いちゃうのよ。食事を作っていても、窓辺にすわっていても、人と話していても、トロリーバスに揺られてるだけのときでも、涙が流れてるのに自分では気づかない。でも人には気づかれちゃう。それで、考えに考えて、目のお化粧することにしたの。涙が出はじめるとマスカラが目に沁みるから、すぐはっと気がつく。十二年過ぎたけれど、いまだに涙が出てしようがない……。お化粧をするのには慣れて、朝起きたらまず最初にするの」

ジェーニャはまた胸を衝かれ、鼻がひりひりしてきた。

リーリャの暖かい目は街の娼婦みたいに隈取られているが、顔はなんとも明るくて、まるでリーリャ自身がもう天使の姿でいるような感じだった。天使の姿をするのはセリョージャのはずだけれど……。

リーリャは次から次へと話をし、ふたりが時計を見たときは、夜中の一時になろうとしていた。

「まあ、なんておしゃべりなんでしょう！」リーリャは嘆いた。「長話を聞かされてうんざりしたでしょ！　でもほんとに気持ちよく話せるんだもの。トロリーバスはもう最終もないでしょうね」

ジェーニャは泊まっていくよう勧めた。リーリャは一も二もなく同意して、チーズグラタンの残りを美味しそうに嚙んだり空気を吸いこんだりしながら全部平らげた。さらにお茶を飲んだ。二時に、ジェーニャが涼しい部屋のソファベッドに寝具を用意すると、リーリャは消防車のような色の大きなブラウスを脱ぎながらジェーニャに聞いた。

「ジェーニャ、ターニャおばさんは洗礼受けてる？」

「祖父と祖母はルーテル教徒だったけれど、母はどうだか知らない」

「それどういうこと？」リーリャは驚いた。

「祖父母は革命前に結婚して、ふたりともルーテル教を受け入れたの。祖父はユダヤ人の家庭で、祖母はカトリックだったから、そうでもしなければ結婚できなかったのよ。母は神を信じていない。洗礼を受けたかどうかはわからない。洗礼を受けているとしたら、ルーテル教徒ね」

「ほんとなの？」リーリャはびっくりしている。「まったくねえ、ルーテルとは……。でもそれはどうでもいい、ルーテルだってキリスト教だもの。ターニャおばさんのために神父様を連れてくるわ」

リーリャは布団の中にゆったり身を落ちつけている。雪の吹き溜まりのようなその起伏や、化粧を落とし皺やそばかすだらけの老けた素顔をジェーニャは見つめた。リーリャの感謝に満ちた顔の半分は、枕に深々と沈んでいる。

なんていい人なんだろう、とジェーニャは思った。

リーリャは枕から少し頭を持ちあげて、ジェーニャの手を摑んだ。

「神父様を呼ばなくちゃだめよ、ジェーニャ。必ずよ。後で自分を許せなくなるから」

ほんと、ほんとにいい人だわ、とジェーニャは思った。子供のころだっていい子だった。ただどうしようもないぼんやりさんだった。でも今では、お馬鹿さんのエネルギーがちゃんとそれなりの道を見つけたのね。キリスト教の道というところが変だけれど……。

母のタチヤーナが亡くなったのはその夜だったので、薬も神父も必要なかった。

リーリャは葬儀で、睫毛から流れるマスカラを吹きながら、さめざめと泣いた。すんでのところで間に合わなかった、タチヤーナおばさんに神父を呼んであげられなかった、自分で自分を許せないと言って悲しんだ。ジェーニャはというと泣くどころではなかった。自分の冷たい手をもっと冷たい母の額にあて、頭の中で母のためにこれまで自分がしてあげられなかったことの長い長いリストを作っていたのだ。そういうリストを作るのが得意だった。

リーリャはジェーニャの家にちょくちょく出入りするようになった。ジェーニャがリーリャを友達に選んだわけではないのだが、「人間としての自分の使命」でもって自分はジェーニャの親戚だとリーリャが言うのである。すべての人の親戚なのだという。それでジェーニャも折れた。リーリャが何くれとなく心のケアや医療のケアをしようとするのも、「救済のキリスト教」という自家製プロパガンダをたゆみなく仕掛けてくるのもイライラしながらかわし、ときに声を荒らげてしまうこともあったが、すべての人を、しかも今すぐ助けたいというリーリャの倦むことのない覚悟には心を動かされないわけにはいかなかった。リーリャの奇妙な生活をだんだん深く知るにつれわかってきたのは、リーリャが「奉仕の人」だということである。高慢で頭の弱い夫に尽くすだけでなく、気まぐれで落ちつきのない娘たちの世話もし、綺麗にしてやり、機嫌をとる。女友達や知人、窓口に処方箋を突きだす通りすがりの購買者にも同じくらいひたむきに尽くし、知り合いでも知り合いでなくてもバッグを持って薬を届けにいき、リーリャの恩恵に浴した人たちがチョコレートの箱や香水を手渡そうとすると怒りと憤りで顔を真っ赤にするのだった。家計はぎりぎりでやりくりし、いつもくたくたになって走りまわっている。目にはわざとひりひり沁みるマスカラをつけているが、ひとりでにあふれ出る涙のせいで流れてしまう……。こんなふうに何年も何年も駆けずりまわって、だれかに何かを届けたり、お年寄りを見舞ったりして、しょっちゅう時間に遅れていた。日曜日の教会のお勤めにまで遅れることがあった。そのくせ「教会に来てよ」と頑固なジェーニャをいつもしつこく誘うのだった。

そうこうするうちにリーリャが卒中を起こした。そして何もかもばらばらになってしまった。

出張に行っていた夫は、若い女の子にうつつを抜かしそのまま家に帰らず、娘たちはこの出来事に仰天して、どうしてこんな厄介者を自分たちに押しつけられるのか合点がいかなかった。お母さんは今では、毎朝新鮮なジュースをしぼってくれるわけでも洗濯やアイロンがけをしてくれるわけでもない。家に食料品を買ってきてくれるわけでも料理を作ってくれるわけでもなく、ほとんど何もしてくれないのだ。それどころか逆に自分たちのほうが、慣れてもいないことをあれこれするよう言われる。娘たちは、やらなければならない仕事を馬鹿にして、なんとかして逃げようと互いに押しつけあい喧嘩ばかりしていた。

リーリャは回復するのにずいぶん時間がかかった。あっぱれな毎日を送り、麻痺した左手をときどき締めつけたり引っ張ったり、何やらわけのわからない中国式の体操をし、萎えた身体をへとへとになるまでブラシでこすり、両手両足で玉をころがしているうちに少しずつ立てるようになり、歩いたりなんとかかんとか片手で着替えたりということをふたたび身につけていった。

以前はリーリャの家に行かないようにしていたジェーニャだが、今ではよく立ち寄っては、何かしら簡単な料理を差し入れたり、金を置いてきたりしていた。驚いたことに、大部分が教会関係者だが、多くの人が絶えずリーリャのもとを訪れ、リーリャと一緒にいて、散歩に連れ出したり家事を手伝ったりしていることがわかった。娘たちはたいして当てにできなかった。新聞『手から手へ』に載っているようにいろいろ誘いの多い青春時代であり、娘たちは身も心も青春に捧げているのだ。もっとも、ときどきインスピレーションを得て部屋の掃除をしたり料理を作ったりという家事をこなすこともあり、何かするたびに褒めてもらおう、勲章をもらおうとする。リーリャはそのたびごとに感謝し、静かに喜んでジェーニャに言う。

「イーロチカが物忌み用のボルシチを作ってくれたのよ！　すごく美味しいの！」

「まあ、まさか。ほんとに作ったの？」ジェーニャは手厳しい。

するとリーリャは、穏やかに微笑んで白状する。

「ジェーニャ、怒らないで、だって何もかも私が悪いんだもの。セリョージャが死んでから私は気が変になったみたいで。娘たちをどうしようもなく甘やかしちゃったの。今さらあの子たちのせいだっていうわけにいかないのよ」

リーリャは小さな声でゆっくり話すようになった。以前のパワーは、今ではトイレにたどり着き、片手でズボンを引きおろしたり、なんとか顔を洗ったり歯を磨いたりするのにそっくり費やされている。片手ではチューブから歯磨き粉を歯ブラシに押しだすこともままならないのだ。ジェーニャはかわいそうで泣きそうになるが、リーリャは歪み気味の微笑みを浮かべて言うのだった。

「これまであんまり走りまわりすぎたのよ、ジェーニャ。それで神様が、ちょっとおとなしくして自分のやったことを考えてみなさいっておっしゃってるんだと思う。だから私は今考えてるの」

そういうリーリャは消え入るように静かで、老けて白髪になり、もう目のお化粧もしなくなり、やり方も忘れてしまった。ときおり涙が色あせた両目からあふれたが、それはもはや何の意味もなかった……。ジェーニャは帰り際、鏡に映る自分の顔に一瞥をくれた。まだまだどうして、四十五歳には見えない。エレベーターを待っている時間も惜しくて階段を駆けおりる。やることが山のようにあって、長いリストができあがっているのだ。

2

それは手帳ではなく、事務用のまったく飾り気のない黒いノートで、かなり大判、A4より少し小さい程度だった。こういうことがわからない人には説明してもしかたないだろうが、三段に分かれていて、「編」の文字のところは編集の仕事、「家」は家計全般、「他」はその他を表している。

いちばん上の段については比較的うまくいっている。セリョージャという青年を助手にして半年。息子のグリーシャより若い。セリョージャにはうんとたくさんお金を払っているが、無駄にはなっていないようだ。だんだん印刷関係の仕事がすべてこなせるようになってきたし、流通に関しても一部やってくれるので、少し息がつける。

「家」のところは、さほどうまくいっていない。この一週間というもの古い車の調子が悪く、そろそろ修理工場に出すか思いきって売るかしなければならないことは明らかだった。洗濯機はついに故障してしまい、修理の人を呼ぶのに丸一日棒に振った。新しいのを買って古いのを捨てたほうが楽だったかもしれない。リストには他にもいくつか難しい項目がある。ジェーニャは、考えに考えたあげく、そうしなくてはもうやっていけない時期にきたのだと思い、お手伝いさんを雇うことにした。そこで、二段目にさらに一項目「手伝い」と書き加えた。そうすると「家」の仕事の大部分を「手伝い」に振り当てることができ、「他」の十八項目をこなせばいいことになる。そこ、つまり「他」の段には、年来の課題だが、かならずしも絶対にしなければならないわけでもない仕事が書きこまれている。それは、だれやかれやに約束しておきながらまだしていないことだったり、やろうと思ってはいたのにやっていないことだったり、あるいは約束はしなかったものの自分の義務だと思っていることもある。そうとうな年齢のおばをふたりほったらかしにしているし、旧友のお父さんで九十歳のオペラ歌手に小さなテーブルを持っていってあげなくちゃと思っている。マリヤ・ニコラエヴナおばさんにあげようと思った薬草がもう一週間も放ってあるし、母の一周忌だからお墓参りに行かなくちゃいけない。カーチャのためには椎骨神経内科という滅多にない専門の医者を探しだして、ソーネチカのお孫さんにはプレゼントを買ってお誕生日までに着くように送らなくちゃ。それにサーシャがねだっているものもあるし、グリーシャにだって何か買ってやらなくちゃ……。日を決めて、一日朝から晩まで夫のキリルと一緒に別荘《ダーチャ》に行かないと。キリルは年をとるにつれて怒りっぽくなってきて、ジェーニャが一緒に別荘《ダーチャ》に行ってくれず自分ひとりで電車に揺られ、帰りはリンゴの詰まったリュックサックをかついで暗いなか町に戻ってこなくちゃいけないと言って今にも怒りだしそうなのだ。

ジェーニャはちょっと考え、ボールペンのキャップを噛み、友達のアーラの電話番号をまわした。かねがねアーラは、自分が一緒に働いている三人のコーカサス系の難民女性のうちのひとりをお手伝いさんに雇ったらどうかとジェーニャに勧めていたのである。

アーラは喜んで、明日にでも十人だって送れるわよ、と請けあった。

そしてすぐに、バクーの不幸せな女の話を始めた。かれこれ十年もロシア中を転々としているが、居場所を見つけられないでいるという。というのも、彼女はアルメニア人、亡くなった夫はアゼルバイジャン人だった。それで今の苗字はグセイノワというのだが、この苗字のせいでアルメニア人は助けてくれないし、アゼルバイジャン人は民族が違うと言って助けてくれない……。でもジェーニャは、慈善事業にたずさわっているのはもっぱら変わり者だということ、変わり者でない人たちはふつうの組織で働いているということがとっくにわかっていたので、ひとり、またひとり、また別のひとりと続く不幸せな女たちについての長い話をじっと我慢して聞いた。

長電話が二十分ほど続いて終わりかけ、受話器を耳に押しつけて夕飯の後片付けをしていたジェーニャがちょうど食器を洗い終えたころようやくアーラは、素晴らしいチェチェン女性を紹介してあげると約束してくれた。掃除、食料の買い物ばかりか、ジェーニャが想像もできないような料理を作ってくれるという。魅力的に思える。受話器を置いたとたん、電話が鳴った。ちらっと時計を見ると、十二時十五分前だ。

「シャローム！」受話器から楽しそうでエネルギッシュな声が挨拶を送ってよこした。「ハーヴァよ」

ハーヴァというのは元の名をガリーナ・イワーノヴナといい、三年ほど前にユダヤ教に入信して、聞く耳を持つ人がいればだれにでも必ず『モーセの五書』こそ唯一正しい教えだと熱烈な宣伝をする。ハーヴァは当初ジェーニャに大いに期待して入信させようと骨を折ったが、無神論と不道徳という石の壁にぶち当たり、ユダヤ教徒になったばかりの熱狂的な激しい波は砕けてしまった。

五分だけにしよう、とジェーニャは勝手に長さを決めた。

「元気？」ハーヴァが聞く。

ロシア語の「元気？」というのは、周知のとおり英語の挨拶とは違い、詳しい近況報告が返ってくることを前提としているのだが、ジェーニャは英語風に答えた。

「元気よ、あなたは？」

「それがね」ハーヴァは溜め息をついた。「助けてくれない？」

「ものによるけど。どれくらい大きな災難なの？」ジェーニャはこれまでときどきお金を貸していたが、返してもらったことはない。すぐに実務的な話になったことがジェーニャは嬉しかった。至高の神を信じるようになってからハーヴァは仕事を辞め、すっかり奉仕活動に身を捧げている。それに、もうすぐ五十歳に手が届くというころになってヘブライ語の勉強を始めるというのもなかなか大変だ。金の算段は苦しくなるばかりだが、精神的な成長はめざましいものがある。ジェーニャは援助を断ったことはない。ふたりはそういう関係なのだが、それでもいちいち「何に使うの？」と聞いている。

今回も同じ質問をしたら、詳しい答えが返ってきた。聖書に関わる本を二冊買うのに三十二ドル要るのだという。

ジェーニャは「あらまあ」と言った。

「三十二ドルあげることはできるわよ、ガーリャ。ただ、問題はどうやって受け渡しするかよ。私はブックフェアで外国に行かなくちゃならないの。出発まで一週間あるけれど、とても忙しくて。朝十時までに家に来てくれるか、そうじゃなければ電話で捕まえて。私の番号は知ってるわね？」

危険な宗教の領域に足を踏み入れることなく会話はうまいこと終わりそうだった。ところが喜ぶのは早かった。

「ジェーニャ」相手は厳しい声だ。「私のことガーリャって呼ばないでって何度も頼んでるでしょ。私はハーヴァなの。あのねえ、名前には神秘的な意味があるってこと、わかってくれなくちゃ。名乗ってもいない名前で呼ばれると、そのたびに、過去に振り戻されるような気がする、拒絶してる過去にね。ハーヴァっていうのは私たちの曾祖母の名前。最初の女性の名前なの。この名前の語源は『ハイム』っていう言葉と関係がある。『ハイム』というのは『生命』という意味よ……」

「わかったわ、ハーヴァ、ごめんなさい、違う名前で呼んじゃったのは長年のクセよ」

ふたりは同じ男と結婚した。最初はジェーニャ、その後ガーリャ・イワーノヴナだ。だから息子たちは血を分けた兄弟ということになるし、同じ苗字を名乗っている。外見だって似ている。ジェーニャがこの最初の夫と離婚してから五年後に、ガーリャがこの男の最期をみとった。そして、ふたりとも黒い服を着て墓石のそばに並んで立った。すべてに責任のあるジェーニャと、何の落ち度もないガーリャ。息子はそれぞれ十二歳と三歳だった。ただし当時ガーリャはまだハーヴァではなく、丘や小川のある中央ロシア高地からやってきた平凡な女の子で、銀の十字架を鎖で首にかけた正教徒だった。子供時代を過ごした広々とした世界と同じように穏やかな性格で、カエルの皮を暖炉で焼いた後のカエルの王女[注2]のように美しかった。

死んだ夫コースチャはガーリャに三歳の息子と病気の姑を遺した。ついでにガーリャを援助してくれるジェーニャも遺していった。二十年あまりジェーニャはガーリャの人生に立ち会い、この変わった人物を愛しつつ憎んできた。美人で、何度も人生の大転換があったが、その転換は回を重ねるたびにナンセンスになる。コースチャの短い人生の最後の年には、いかがわしい治療師の処方で命を救おうとして抗生物質も麻酔も与えなかった。与えたのは草と土だけ。このいんちきな「奇跡を起こす人」だけが知っているという聖なる場所から取ってきた塵を粉状にしたものである。コースチャが亡くなる少し前には、別のチベットの薬草師とやらを信じていたが、これはもうチベット人でも何でもなく、アムール川流域地方のコサックだった。その後はヨガに入れこんだ。

冒険するたびに息子を巻き添えにしていたが、息子は年を追うごとに抵抗するようになり、やがて母親の精神的な探究をまったく受け入れなくなる。何としてもヨガから先は母親についていこうとしなくなった。逆にガーリャのほうは、さらに珍しい東洋の修行に取り組んだ。

ガーリャは、どんな実践をしても最初のうちはうまくいって成長するのだが、しばらくすると、より真実に近い教義の新しい信奉者を見つけてしまうのだった。ヒンズー教から仏教に移り、ペンテコステ派に属していたこともサイエントロジーにはまったこともあるが、最終的にユダヤ教にたどり着いた。この滑稽な成り行きが発覚したのは、壁掛けカレンダーのためだった。節約のため向こう十年分が載っている大判カレンダーで、上質の硬い紙に印刷してあり、パレスチナのあちこちの風景が配されている。ガーリャが新年のプレゼントとしてジェーニャに持ってきてくれたものだ。ユダヤ人は新年を秋に祝うが、たとえば九月の決まった日というわけではなく、毎年違っている。風景はシナイ、死海、最近新たに植物が栽培されたガリラヤの庭園などで、素晴らしかったのだが、ジェーニャはすぐにリーリャにあげてしまった。リーリャは自分から選んでキリスト教徒になったものの、ユダヤ人であることには変わりなく、処女マリアも、キリスト自身も、洗礼者ヨハネは言うに及ばず、使徒もひとり残らずみなまぎれもなくユダヤ人だということを（他のだれが忘れようと）片時も忘れず誇りに思っていた。リーリャが入信した正教会内部では、そういうことを匂わせるのは「政治的に正しくない」ので憚られるし、中には悲しむ人もいる。

それでもまだリーリャの場合はわかるが、ガーリャの精神的探究のいちばん新しい転換には驚いてしまった。とはいえ、驚こうにももうその余裕もなければ時間もなかったのだけれど。わからないのは、マーラヤ・ポクロフカ村出身のこの高齢の美人がなぜユダヤ人にとって必要なのかということだ。宗教的な清廉潔白などジェーニャは信じていなかったから、初めは、どうせ髭か何かを生やしたユダヤ人寡夫《やもめ》に言い寄られているのだろうと思い、今にもガーリャが口を滑らせて、また結婚するつもりなのと言いだすのではないかと待ち構えていたのだが（ガーリャはこういうことにかけてはきわめて単純で、ちょっと何かあるとすぐに結婚してしまう）、順番から言って今度の結婚はいったい何度目の失敗になるのだろう、五度目か六度目かと考えることもやめてしまっていた。ところが、そういうことではなかった。ガーリャは長いこと何かの勉強会に通ったり、『モーセの五書』をやはりひとりでではなく何かのセミナーに通って読んだりしていて、挙句の果てには、ジェーニャのところに金をもらいに来ても食べものや飲みものは断るようになった。ユダヤ教の定める飲食の規定「カシェル」をジェーニャが守っていないからだ。ガーリャ自身はというと、もうガーリャではなくすっかりハーヴァになりきっていた。でもこの日のジェーニャはとても疲れていたので、堪えきれずつっけんどんに聞いた。

「ねえ、ハーヴァ、カシェルを守ってない私のお金、受け取っていいの？」

すぐに自分が意地悪なことを言ってしまったことを悔やんだが、ガーリャは皺ひとつない典雅な額に皺を寄せてちょっと考えてから、さっき財布にしまったばかりの金を出してテーブルに置き、胸を衝かれるほど生真面目に言った。

「わからないわ。先生に訊かなくちゃ」

それでジェーニャは、金を持っていくように長い時間かけて説得するはめになった。ガーリャが生活費にも困っていることを知っていたからだ。

息子たち、とくに大人になったサーシャは、ジェーニャのことをやんわりからかうことがある。夫キリルはときどき鋭い意見を言い、ジェーニャをやれ「チムール少年隊[注3]」だ、やれ「モスクワとモスクワ郊外のマザー・テレサ」だなどと呼んだが、機嫌の悪いときは、ジェーニャが人々を援助するのは賢くて美しい人々が愚かで醜い人々に手を差し伸べるのと同じく思いあがった優越感だと毒舌を振るうことがあった。

そのときジェーニャは思いがけなくかっときて言った。

「そうよ！　そのとおりよ！　だったらどうなの、あなたたち愚かで醜い人たちを私にどうしろって言うの？　馬鹿にしろとでも言うの？」

すると今度はキリルのほうが怒る番だ。そんなふうに暮らしていた……。

## 3

出張に出かける前日は、電話の音で始まった。コーカサス風の歌うようなのんびりした声がジェーニャに尋ねる。

「ヴィオレッタと申します。今日お掃除に伺います」

ジェーニャは寝ぼけて咳込み、なんとか考えをまとめようとした。今日は都合が悪い、明日出張に行って十日したら戻るのでそのときいつにするか決めましょうと言いたかった。でも思い直した。まあいいか！　そのヴィオレッタに週二回来てもらって、掃除や食事の支度、男たちの面倒を見てもらおう。毎回仕事で出かけるたびに、ジェーニャは家族や家そのものにかすかな罪の意識を感じてきた。

「わかりました、来てください」

「これから参ります。三時間くらいで。子供たちを引き取らないといけないので」

ジェーニャは時計をちらりと見た。八時十五分前。ルフトハンザで四時に航空券を受け取らないといけない。それまでに、散らかしっぱなしの部屋を片付けなくちゃ。クリーニング、郵便局、アパート管理事務所はぎりぎり十一時前に間に合った。十一時ちょうどに玄関の呼び鈴が鳴った。ジェーニャがドアを開けると、小さなキクの花束が現れ、その後ろでアップリケのついたコートに重たげなラメの光るショールといういでたちの太った女性が微笑んでいた。十歳くらいの女の子が右側に、小学校にあがる前の年中組くらいの男の子が左側に立っている。男の子は本物に近い大きさのトラックを両手で抱え、女の子は特製ボックスを持っており、上の面についている扉がちょっと開いていてそこから大きなネコの頭が覗いていた。

「上の子たちは学校なんですが、下の息子は連れてこないわけにもいかなくて。エリヴィロチカは咳が出るので当分学校に行けないんです。でも勉強はいちばんよくできるんですよ」

ジェーニャがカラシのような黄色い花を受け取って新しい状況を把握しようとしている間に、ヴィオレッタは自分からコートを脱ぎ、息子アフメチクの革のジャンパーを脱がせ、丁寧に靴を脱がせるとみなの靴を一足ずつ、小さいのから大きいのへと爪先をそろえて並べた。ニットの部屋履きをみなに履かせ、そろってダイニングに移ってテーブルについた。ネコは灰色の顔に厳しい表情を浮かべ、女の子の膝に載っている。

後になってわかったことだが、ヴィオレッタは本当に素晴らしい人だった。上の娘は十八歳のとき、グローズヌイが爆撃された際の火事で亡くなったという。トラックを持ったアフメチクは入院したことがある——難民用に設けられた回廊を渡っていたら一家が撃たれ、赤ちゃんだったアフメチクは腕に、父親は足に傷を負った。ネコは爆音で耳がきこえなくなり、その時からエリヴィロチカはネコを抱いて歩くようになった。障害を持つ動物をいたわるいい子なのだ。

ヴィオレッタはバッグのファスナーを開け、中から包みを出してテーブルの上に書類や写真を並べた。

「これが私の卒業証書、ほとんど優ばかりです。職場の評定書。これは私の父、例の戦争の後撮った写真だからまだ若い頃です。それから身分証明書。アフメチク、エリヴィロチカ、イスカンデル、ラスタムチクの出生証明書。これは私たちが結婚したときの写真です。夫のアスランは主任エンジニアでした。もうあの工場はなくなってしまったけれど。これは兄の家族。娘がふたり、息子が三人いるんですよ。さてと。最後のは戦争前の写真で、長女がちょうど今のエリヴィロチカくらいのとき、十歳半のときのものです……。で、これは私たちの共和国の新聞の切り抜き。夫が五十歳になったとき、第一次チェチェン戦争の前ですけど、名誉勲章をもらったんです」

テーブルはもう写真や書類で埋め尽くされ、ジェーニャは、麻酔がきれたときの歯のように心が痛んだ。

「アーラさんが、あなたのことを友達だっておっしゃっていたのでとても嬉しいんです。アーラさんは親戚のように私たちによくしてくださって。私が階段から落ちて脳震盪を起こしたときなんか、病院に入れてくれたんです。本当にいいお医者さんばかりでした。頭は今でもくらくらしますけど」

ジェーニャは写真を手に取った。生活のかけら、もうけっして元の絵に戻すことのできない壊れたジグソーパズル。

「ヴィオレッタ、でもあなたに脳震盪があるなら、あなたがうちに来るんじゃなくて、私がお宅に行って床の掃除をしなくちゃね」

ヴィオレッタはこの冗談を聞いて笑いだした。金歯が輝いている。

「アーラさんも私が家政婦の仕事をするのはまだ早いんじゃないかっておっしゃるけれど、これまでにだって『ムシャムシャ』っていう店で働いてピロシキを売ってたこともあります。あそこのは紛い物ですから、ぜったい買わないほうがいいですよ。私の売り場はバクーから来たタタール人の女に取られてしまいました。今度はもう梃子でも動きません。売店はあったかいし、もうすぐ冬ですからね。私たちのほとんどが市場で働いています。女がものを売って、男が荷役です。運のいい人は運転手になれる。私の兄のひとりはロストフに住んでいて、二番目の兄はトルコに行ってしまいました。姉がグローズヌイに両親と残りましたが、向こうはここよりひどいんです。故郷ですけどね。こんな生き方になるなんて思ってもいませんでした。だって私は安全技術のエンジニアで、役所で働いていたんですよ。それに整理整頓だって得意で、私の家はぴかぴかで清潔で、綺麗でしたし、何だってありました。ロゼンレフ社の耕耘機、マドンナ社の妊婦用下着、絨毯十八枚、「ロシア美人」という羊毛絨毯まで。なんていい暮らしだったでしょう！　でも今じゃ家族全員で部屋がたったひとつしかなくて、それもアーラさんのおかげでベジェツクの委員会が借りてくれたんです。アーラさんは、アスランも警備員として息子さんのオフィスに雇ってくださいました。今じゃアスランは足が悪くて、荷役には向かないんです。もう六十を過ぎましたから」

ヴィオレッタはずっと話し続け、子供たちはテーブルに張りつけられたかのようにおとなしくすわっている。アフメチクは買ってもらったばかりのトラックを胸に押しあて、エリヴィロチカはネコを膝に抱え、ネコは行儀よく眠っている。

ジェーニャは頭の中であれこれ考えを巡らせた。大家族。私がどんなに頑張っても、そんな大人数を養うことは無理だわ。出版社に掃除婦として雇ってもらったとしても、せいぜい二千ルーブリ。だれかの別荘《ダーチャ》に住まわせてもらう？　そんな大家族を引き受けてくれる人なんているわけない。

「つまりこういうことなの」ジェーニャがこう言ったとたん電話が鳴った。

ハーヴァは、ジェーニャが家にいたので喜んでいる。

「この一週間ずっと電話してたのに、いつも留守なんだもの。これからお宅に行くわよ！　今すぐ！」

「そうして！　今すぐね！」ジェーニャは電話に応え、先ほどの言葉を繰りかえした。

「つまりこういうことなの」

するとまた電話が鳴った。今度はリーリャだ。ハーヴァとリーリャは知り合いではないのだが、なぜかいつもやることが重なる。

「ジェーニャ」リーリャは物語るように切りだした。「またあなたにお礼を言いたくて。冷蔵庫を開けたら、ほんとにほのぼのとしたわ。あなたの墺があるんだもの。どれもすごく美味しくて、歯のない私にぴったりのものばかり。まったく母さんみたい」

「それを言うならおばあちゃんみたいでしょ」ジェーニャはぼそぼそ言った。

リーリャは弱々しく、力なく笑った。

「そうね。私のおばあちゃんはだいたい母さんより料理がうまかったから。お礼が言いたくて電話したの……。守護天使様が道中守ってくれますように」天使については遠慮しながら言った。ジェーニャが聖職者を嘲るような態度をとっていることを知っているからだ。でもジェーニャが我慢したら、リーリャはいかにも正教徒らしい締めくくり方をした。「泳ぐ者、旅する者としてのあなたのために祈ります」

「いいわ。なら私は水着を持っていくから。また後で電話するわね」そう言ってジェーニャは受話器を置いた。「つまりこういうことなの、ヴィオレッタ、明日から私は十日間の出張に出るけれど、もう今日から仕事を始めたということにしましょう。でも仕事を始めてもらうのは私が帰ってきてから。当分は」ジェーニャは砂糖入れが置いてある棚を探った。砂糖入れの隣に乾パン入れがあり、その中にいろいろな紙切れが入っていて紙幣も置いてある。「前金として受け取ってください」

冴えない緑色の紙幣が、白黒の書類や新聞のような灰色の紙切れの山に載っている。

「アラーに栄光あれ！」ヴィオレッタは、組み合わせた赤い両手をわずかに差し上げた。「いろんな人がいるけれど、アラーの神はなんて素晴らしい人たちを私たちにお送りくださったんでしょう！　御恩に報いて働きます」

それから親子はニットの部屋履きを脱いで靴を履き、ネコはおとなしく言うことを聞いてペットボックスに入った。ジェーニャは歯の痛みを全身に感じた。

昨日のうちに天井裏の物置からスーツケースを出しておいた。パンティと諸々の小物は畳んで積んである。七つ道具の入った化粧ポーチ、薬の入ったもうひとつの古いポーチ。ハーヴァはまだ例の三十二ドルを取りに来ていない。ジェーニャは厄介な精神状況にあった。社会的にどれほど没落しようと自尊心を失わない、赤い手をしたチェチェン人ヴィオレッタが可哀そうでたまらず胸が塞ぐと同時に、いつでもそうなのだが、むずむずした苛立ちを感じてもいたからだ。でも、どんな人とどんな付き合いをしてもその人たちの愚かしさや鈍感さを我慢しなければならないのだというのがいつもの考えで、その苛立ちも和らげられていた。それに、ほとんどだれにでも良かれ悪しかれ心の奥深くに隠され封印されている狂気というものもある。「とっととどこへでも行ってしまえ」ときっぱり言えないのなら、あの悠長な間抜けがうちにたどり着くまでじっと待っているしかないじゃない。ジェーニャはそう自分を慰めた。もう三時近い。そろそろ航空券を取りにいかなくちゃ。その後出版社に寄って、それからベルリンに住んでいる旧友へのプレゼントを受け取って……それから夜は、フランクフルトに届けてほしいと手紙だか書類だかを持ってくる人がいたっけ。

ハーヴァがようやくやってきたとき、ジェーニャはもう我慢できずジャケットを着てドアの前に仁王立ちしていた。ポケットに手を突っ込み、そこには金が用意してあったのだが、あまりにイライラして疲れ果て、一言も発する気力が残っていなかった。

ハーヴァは長くて黒いコートを着て、黒いターバンのようなものを小さな頭に巻きつけているが、その黒がよく似合っている。年を取らない美人の雪のように白い顔によく似合う。

「よお、このアマ、女神、一言言わせて！」ジェーニャは封筒を差しだし、われを忘れて刺々しく言った。「一時間以上も待たされたから、焦って手が震えちゃうわ」

ハーヴァは細心の注意を払って封筒をバッグにしまってから、今度は鏡のように黒光りしているボタンをゆっくりはずしにかかったが、同じく鏡のようだけれど明るい青色に目が輝いている。

「待っててくれてありがとう。どうしてそんなに汚い言葉を使うの、ジェーニャ？ まあね、私はあなたが優しい心の持ち主だって知ってるからいいけど、他の人が聞いたら何て思うかしら」

「ねえ、なんでコートを脱ぐのよ、私が出かけるところだってわからないの？ 遅れちゃうじゃない」

「ほんのちょっとよ、トイレを借りるだけ」ハーヴァはそう答えるや、堂々と部屋の奥に入っていった。黒いコートの下に来ていたのは黒いワンピースで、ストッキングまで黒かった。

やがてなぜか唇を震わせてトイレから出てきた。

「だめよ」ハーヴァはまるで自分に言い聞かせるように言った。「だめよ、これだけは言わないわけにいかない。本当にとても大事なことなんだもの。ちょっとだからすわって」

ジェーニャは驚きのあまり呆然とした。

「ガーリャ、頭いかれてんじゃない？　言ってるでしょ、遅れちゃうのよ」

「わかるでしょ、ジェーニャ、今日はヨム・キプールという大事なお祝いの日なの、わかる？　懺悔の日。正教でいうなら『大斎期』のようなものだけど、たった一日に凝縮しているわけ。この日は飲んだり食べたりしちゃいけないの。ただ祈るだけ。神の日、平穏の日なの」

ジェーニャは右足の靴紐を締めた。紐が金属のフックにうまくかからない。

「そう、平穏ねえ」無意識のうちにジェーニャは繰り返していた。「さあコートを着て、ハーヴァ。それでなくても一時間も引き留められたんだから」

ハーヴァは洋服掛けから自分の晴れがましいコートを取ってから動きを止めてしまった。

「ジェーニャ！　あなたみたいにこんなあくせくした生活していちゃだめよ。そもそもこういう生活全体がいけないいけれど、とくに今日はだめ」

靴紐は引っ張ったら切れてしまった。細い革の組み紐の切れ端を脇へポイと投げる。その靴を脱ぎ捨て、モカシンに足を突っ込んで立ちあがったら、目の前が真っ暗になった。状況が急転したからなのか、怒りが爆発したせいなのか。

ハーヴァはコートを羽織って鏡を見た。その顔にはまったくあくせくしたところはなく、平穏と柔和があるだけだった。

ジェーニャが鍵をかけ、ハーヴァがエレベーターのボタンを押した。ハーヴァは、だれも知ることのできないことを知っている者に特有の神秘的な微笑みを浮かべて隣に立っている。近づいてくるエレベーターがガタンと音を立てた。ハーヴァが乗った。ジェーニャは革靴のかかとの音を響かせて階段を駆け降りた。

ジェーニャが郵便受けから、斜めに押しこまれたために脇が破れた大きな封筒を取りだそうとしている間に、ハーヴァが滑らかな身のこなしで中二階に降りてきた。ふたりは一緒にポーチを出た。

「元気でね！」ジェーニャは歩きながら言った。

「地下鉄じゃないの？」

「いいえ、私はあそこに車を置いてるの」ジェーニャは曖昧なしぐさで手を振った。

たしかに車は路地に止めてあるが、ハーヴァにつきまとわれてさらに三十分も車の中で説教を聞かされるのは御免だ。実際ハーヴァも足を速め、地下鉄の駅とは反対方向に向かうジェーニャの後をついてくる。

「ジェーニャ、あなたが急いでいるのはわかる。でもこれから言うことは、とても大事なことなの。タルムードによると、あくせくしたって何のいいこともないんですって」

「そのとおりよ」ジェーニャは頷いた。「でも今は別の方向に行かなくちゃならないの」

ジェーニャは車に乗ってドアをバタンと閉めた。

ハーヴァは細めにドアを開け、注意深そうに、意味ありげに言った。

「タルムードによると、人にではなくて神に仕えなければならないんですって！　神よ！」

スイッチを入れると、すぐにエンジンがかかった。よし！　ジェーニャは、排気ガスをハーヴァに吹き付けて車を発進させた。

ハーヴァはその後ろ姿を、美しく悲しげな微笑みを浮かべて見送った。

4

夜が更ける前にジェーニャは、官能的な喜びを感じながら、片付いた仕事の項目に線を引いていた。とどのつまりは、すべてこなせたのだ。とくに嬉しいのは、ベルリンの友達に持っていくプレゼントがうまく手に入ったこと。身体が不自由で車椅子に乗っている若い女性裁縫師のところにぎりぎりで寄ったところ、その裁縫師は多彩な端切れで素敵なジャケットを手ずから仕立ててくれていた。ふたりとも大いに満足した。つまり、ジェーニャだけでなく、かなりまとまった額の金を手にすることのできた裁縫師も満足だった。残った項目は、必ずしも必要のない何かの分析だったが、それは帰国してからでも充分間に合う。スーツケースにもう荷物を詰めたし、家族そろっての夕飯も済ませ、キリルはテレビの前でだれかの博士論文を読み、ときどきアナウンサーに対してなのか論文の著者に対してなのかわからないがふふんと鼻息をあげている。息子のグリーシャはパソコンに向かっている。

ジェーニャは、何もしないでいることができない性質《たち》なので突き動かされるように台所に立った。食料品は買ってあるが、男たちは料理をしたがらないので、作り置きしておこうというのだ。

下ごしらえして冷凍庫に入れておこうとジェーニャは考えている。

今回は何もかもうまくはかどっている。出版社関連の荷物はみな集めて荷造りし、書類はすべて正式に作成してある。助手——若い男の子！——が、飛行機に間に合うよう直接シェレメチエヴォ空港まで持ってきてくれることになっている。

料理はまだ温かいので、冷凍庫に入れるには早すぎる。

お風呂に入る時間もありそうだわ……。お湯の栓をひねると、太い湯の流れが琺瑯《ほうろう》の湯船の底を打ちはじめた。グリーシャはインターネットを離れると、すぐに電話をかけ始めた。

あの憎たらしい靴紐を何とかしなくちゃ、とジェーニャは思い出した。リーリャが電話してきた。すすり泣いている。

「リーリャ！　どうしたの？」ジェーニャは心配になった。以前のリーリャなら騒々しく笑ったりさめざめと泣いたりしたものだが、病気をした後は静かに微笑むだけになっていた。

「ちょっと愚痴を言ってもいい？　ちょっと愚痴を言うけど、すぐに忘れてね。だって馬鹿げたことだってことくらい私にもわかってるんだけど、腹が立って……」

何が起きたのかわからなかったが、リーリャを怒らせるような者といえば、疑う余地はない。

「お嬢さんたちがどうかした？」

リーリャはいびきをかいているような鼻音を立てた。

「食べちゃったのよ……。聞いて。冷蔵庫を開けたら、あなたにもらった壜がひとつもなくて。大きなスイカが半分に切って入れてある。娘たちの部屋に行ったらお客さんが来てるじゃない。若い人たち、イーラのいけすかない男とマリーシャの今の男、プログラマー。イーラが出てきて、何か用って聞くから、私のズッキーニどこって言ったら、お客さんが食べた、祝日だからって言うじゃない。私は驚いて聞いたの。いったい何の祝日なのって。そうしたら笑うのよ……ほんとに嫌らしい笑い方で。私を部屋に連れていってあなたがくれたカレンダーを指さして、ほらね、祝日でしょって言うの。ヨム・キプールなんですって！　何にも残ってないの、ズッキーニもビーツも。腹が立つったらありゃしない」

「仕方ないじゃない、リーリャ！　あの子たちに怒ったって無駄よ。まだ幼いんだから。大きくなったら、もっとお利口さんになるわよ。あなた自身が甘やかしたんだし、そういうふうに育てたんでしょ。だから我慢しなくちゃ。それから、あなたには奥の手があるじゃない。祈るのよ、リーリャ。できるわよ……」怒りがこみあげてきて、こめかみが脈打った。これじゃ、さっきガーリャ＝ハーヴァが生き方の説教したのとほとんど同じじゃない。かえって強烈なくらい。

「がっかりしないで、リーリャ！　それよりドイツのお土産は何がいいか言って」

受話器を置いた。まだ温かい料理を少し取り分けてプラスチックの容器に入れた。バッグにしまう。コートを着てキリルに向かって叫んだ。

「キリル、ちょっと乗りつけてくる！　リーリャのところよ！」

「ジェーニャ！　『新ロシア人』[注4]みたいな言葉づかいだなあ、『乗りつけてくる』ってどういう意味？」

　でもジェーニャにはもう聞こえなかった。怒りを鎮めようと努めながら、階段を飛ぶように降りていた。ああ、今あの子たちの可愛らしくてちっちゃなあの鼻づらをぶん殴ったらどんなにせいせいするだろう……。

　ドアを開けたのはイーラだった。喜んでいる。子供部屋からはほどほどに抑えたはしゃぎ声が聞こえてきて、居酒屋のようにタバコの煙がもうもうと立ちこめている。

「ママがジェーニャさんは出張に行ったって言ってたけど」イーラは分厚い睫毛をしばたたいた。

「発つのは明日よ。お母さんにちょっとしたものを持ってきたの。何も残ってないみたいだから」

「イーラ！」とイーラが姉を呼ぶので、ジェーニャはまたふたりを取り間違えていたことがわかった。ふたりは変なふうに似ているのだ。ふたり一緒にいれば、どっちがどっちかすぐにわかるのだが、別々だとまったく区別できない。

　本当のイーラが現れた。ほろ酔い加減で、輝くばかりの歯を見せて笑った。それは自然が与えてくれた歯で、人工のものにひけを取らなかった。

「やだ、死んじゃう！　ママがチクったのね！」

ジェーニャは憎しみの炎でかっとしながらも、不機嫌な顔で温かい容器を取りだした。

「ジェーニャおばさん、どうしたのよ？　冗談言っただけだったのに！　おばさんの食べ物、何も取ってないよ。スイカを冷やすために冷蔵庫から出しただけ！　おばさんにもらった壜は窓のところに置いてあります！　ママったら、ほんとにやんなっちゃう。何でも覗いて、何にでも鼻を突っこまないと気がすまない。私たちが何してるか盗み見てるのよ」

もうひとりのマリーシャもそうだと言う。

「私たちもう大人なのよ。自分たちの生活がある。なのに、ママはいまだに躾けよう躾けようとするんだから」

リーリャがドアを少し開け、隙間からぬっと首を突きだした。さながら今にも家に帰ろうとしているカメが甲羅から首を出すように。

「あらまあ、ジェーニャ！　来てくれたの！　馬鹿なこと言ってごめんなさい！　この子たち、お祝いをしてるんだって。あんたたち、ごめんね！　ヨム・キプールだって知らなかったもんだから」

自分の料理したズッキーニを手にして立ち尽くしているジェーニャは大馬鹿三太郎だ。でもそのかわり急にひどく可笑しくなり、若い娘みたいな高らかな声で笑いだした。

「もうほんとに、あなたたちみんな悪魔のところにでも行っちゃえばいいのよ！」

リーリャは慌てて十字を切った。「悪魔」という言葉を口にするのを恐れているのだ。「ものを知らない子たちねえ！　ヨム・キプールっていうのは厳しい物忌みで、食べ物も水も口にしちゃいけないのよ！」ジェーニャはまるでこのヨム・キプールというユダヤの風習を生まれたときからずっと知っているかのように言った。今朝聞いたばかりなのに。

リーリャは壁につかまりながらジェーニャの後をついてきた。素晴らしい杖をベッドの横に置いてきてしまったからだ。

「ジェーニャ！　来てくれてありがとう！　神様のご加護がありますように！」

家に戻ったジェーニャがそっと寝室に入っていったときには、キリルはもう寝ていた。素晴らしい気分。すべてうまいこと丸く収まった。女の子たちは、もちろんだらしないけれど最悪というわけじゃない。ジェーニャは目覚まし時計に目をやる。十二時十五分前だ。五時半に目覚ましをセットした。飛行機は早朝の便なのだ。そのとき電話が鳴った。ハーヴァである。

「ジェーニャ、さっきは怒らせちゃったとしたらごめんなさい。でも、これだけは言っておかなくちゃならないの、とっても大事なことだから。タルムードによると、他人のためによかれと思って何かしてあげても自分が気持ちよくなければ、それは正しくないんですって。人は気持ちよくなくちゃいけないの。あなたの生き方は正しくないわ。人は気持ちよくしてなきゃいけないのよ！」

ハーヴァは心を込めて真面目に話している。ジェーニャは微笑み、彫りの深い、たぶん女性の中でも最高に美しいハーヴァの顔を思い浮かべた。それなのに、ずん胴だし……。どうしようもないお馬鹿さん！

「ハーヴァ！　いったいどうして私は気持ちよくないんだって思うわけ？　気分いいわよ。上々！　ねえ、タルムードは、お金を返してくれることについて何て言ってるの？」

ハーヴァは口をつぐんだ。ふたりはずいぶん長い付きあいで、ハーヴァは何十ルーブリ、何百ルーブリとこれまでジェーニャに何度も金を借りてきたが、返したことはない。それで、ジェーニャがどの借金のことを言っているのか推し測っていたのだ。

「何のこと言ってるの？」

「聖書に関する本のために貸した三十二ドルのことよ」ジェーニャは早口で答えた。「他に何がある？」

「ああ」ハーヴァはほっとして溜め息をついた。「帰ってきたら、すぐに返すわ」

「それはいいわね！　おやすみなさい！」ジェーニャは受話器を置いた。

キリルが壁のほうに身を寄せて妻に場所を空け、眠そうに片手をのばしながらぼそぼそ言った。

「かわいそうに……」

ジェーニャは微笑んでいた。気分は上々。また一日、平穏な日が終わった。

明日も気の抜けない一日になりそうだ。

## 5

運転手のリョーシャは、スラヴ人らしくなく時間に正確なのでジェーニャは買っているのだが、この日も自分の古い車「ジグリ」に乗って時間どおりやってきて、アパートの上の階まであがり、スーツケースを運んでくれた。ジェーニャは出かけるばかりだったのだが、仕上げとしてキリルと別れの挨拶をして最後の指示をしておきたかった。

「空港まで送ろうか？」キリルは一応そう聞いた。

ジェーニャは首を振った。

「じゃ行っておいで。仕事、頑張ってね。羽を伸ばしておいで」夫がそう言い、しかるべくジェーニャのこめかみにキスしたので、ジェーニャは男の匂いを感じた。オーデコロンの匂いではなく、乾燥した草やおが屑を思わせる自然の匂いだ。さわやかないい匂いだった。

「いい子にしていてくださいね」ジェーニャはちくちくする夫の顎を突いた。「グリーシャは起こさないでおくわ、寝かせといてあげましょう」

キリルは、ガウンの前をおなかのあたりでかき寄せてエレベーターまで送ってくれた。ガウンの紐がどこかにいってしまったらしい。

リョーシャはスーツケースをもう車のトランクに積みこんでくれた。そして、人気《ひとけ》のない朝のモスクワのドライブに出発する。早朝のフライトがいいのはこの時間に渋滞がないことだ。

アスファルトが露で濡れている。

たしかに都会で暮らしていると、露というものがあることや、夜明け前にそよ風が吹くことや、日没前に陽の光が斜めに差しこむことを忘れてしまいそうになる。ジェーニャはそう思いついて嬉しくなり、これまでさまざまなものを見逃してきたことが惜しくも感じられ、思いきって考えを先に進めた。郊外に引っ越すほうがいいんじゃないかってキリルが言うのは、そのとおりね。ただ、どうしたらいいのかがわからない。まさか「新ロシア人」のようなお屋敷に引っ越せるわけはないし、そんなお金もない。そうかといって、魅力はあるけれど下水道設備のない古い別荘《ダーチャ》にも住みたくない。そういうところなら、夜明けも遅くて露もあるにちがいないのだけれど。

そのときグリーシャの声が聞こえたような気がした。ママ、また面倒を背負いこむことになるよ。

もちろん、面倒よ。でもそれは自分のことじゃない！

キリルの言ったとおり、羽を伸ばせそうだ——はるか前方に見えている信号が緑に変わった。時計に目を移すと、たっぷり余裕がある。ジェーニャはもう一度にっこり微笑んだ。すべて予定どおり。やらなければならない仕事はぜんぶ片づけて、その項目は線を引いて消した。もう少ししたら時計の針を二時間進めて、十日間、ここことは違う外国の時間の中で暮らすんだわ。あっちに行ったら、何事もここよりゆったり動いているでしょう。それにこの盗まれた二時間を取っておけるわけだし。

考えが郊外の生活から外国での自由へと滑らかに移ったちょうどその地点で衝撃が起こった。脇のプラウダ通りから赤い「アウディ」が映画のようなスピードで飛びだし、おそらくレニングラード通りを横切ろうとして「ジグリ」の右側面に突っこんできたのである。でもジェーニャは、運転手のほうに半分身体を向けてすわっていたので、これには気づかなかった。二台の車はぶつかって空中に舞いあがり、それぞれ別の方向に飛んだ。ジェーニャは、ぐしゃぐしゃになった赤い車も、鉄の残骸も目にしなかった。一度も約束の時間に遅れたことのない几帳面なリョーシャの遺体が、後でその鉄屑から引き出されることになる。ジェーニャは救急車も目にしなかった。搬送された先はスクリフォソフスキー救急病院だった。

三日三晩というもの意識が戻らなかった。この間、八時間に及ぶ手術を受け、折れた骨盤は何とか元どおりになったが、心臓が二度停止した。ジェーニャの心臓を二度とも始動させたのは、痩せぎすの麻酔医コワルスキー先生である。後になってジェーニャは、先生に問いただしたいと思った。おそらく生命を取りとめてもけっして起きあがることはできず、みじめな生活しかできないということを知っていながらどうしてそうしたのかと。きっと先生は、ジェーニャが納得する答えは返せなかっただろう。

昏睡状態の三日間が過ぎて意識が戻ってからも、長いあいだ何が起こったのか理解することはできなかった。だれの身に起こったのかということすらよくわかっていなかった。いや、とはいえジェーニャは自分の名前、苗字、住所は覚えていた。目を開けるなり、覚えているかと問われたのだ。ところが自分の身体を感じないのだ。痛みを感じないというのではないが、自分の腕や足も感じられないのである。だから、医学上の見地からなされた名前や住所に関する質問に答えた後、自分は生きているのかと聞いたのだが、答えを聞くこともなく、また意識を失った。でも今度は、意味のない場面がいくつか続くぼんやりした夢のようなものを見て、テレビ番組がついたり消えたりしたときのような空虚な感じが残った。

十日経ち、救命救急科からふつうの病棟に移された。面会時間ではなかったが、キリルが病室で待っていた。キリルは事態がかなり深刻であることがわかっていたので覚悟を決めて来ていたが、想像していたよりはるかに重大な事態だった。ジェーニャは変わり果てていた。丸坊主にされ、額には何か貼りつけられ、顔は黒ずんで痩せ、以前のジェーニャを思わせるところはまったくなくなってしまった。脳震盪による頭の小さな傷は、何本もの長い傷のほんのちょっとしたおまけのようなものだった。中には脊椎にまで達している傷もある。キリルはすでに、奥さんはこれからも身体を動かすことはできないでしょうと告げられていたが、ジェーニャの代わりに現れるのが、陰鬱で無口でうつろな表情をしたまったくの別人だとは知らされていなかった。ジェーニャは、問いかけには頷いて答えるが、自分からは何ひとつ尋ねようとしない。出版社の仕事についても、一年以上外国で暮らしている長男のサーシャについても、自分の女友達についても。キリルは、だれが電話をかけてきたか、病院の外ではどんなことが起こっているか話して聞かせようとした。ところがジェーニャは、自分のいない家で、キリルが次男のグリーシャとどんなふうに生活しているのか、だれが食料を買ったり料理をしたりしているのかということにすら関心を示さない。それでキリルはすっかり落胆してしまった。

ふたりは結婚して二十年以上になる。結婚生活は複雑で、二度別れていた。しかも、シベリアの片田舎出身で自分は「猟人」のようなものだと言いふらしていた余所者と、ジェーニャは短期間だが結婚したこともある。後でその男は中くらいの階級のKGB職員だということが判明した。キリルは、ジェーニャのアヴァンチュールをやっとのことで耐え忍んだ後、教え子の大学院生のもとに走ったが、うまくいかなかった。そしてふたりが最終的、決定的に一緒になってからもう十年になる。それは一緒にいると互いに楽だからというのではなく、まったく別の理由があった。互いに相手のことが自分のことのようにわかるのである——ちょうど自分自身のことがわかる程度にだけれど。どんな会話も無理する必要がなく、単に何か言うのが習慣だからという意味くらいしかないときでも、ごく小さな思考回路まで理解することができた。ふたりとも相手のことを自分自身より信頼していた。互いの弱点は細大もらさず知っており、それを愛おしく思う能力がある。見栄っ張りのジェーニャ、頑固なキリル。何もかもが両手に転がりこんでくる幸運なジェーニャ、いつもまったく必要なくなったときにようやく自分の願いが叶う不運なキリル……。

そして今キリルは妻のかたわらにすわり、頑なな性格を精一杯発揮して、ジェーニャに何が起きているのか理解しようと努めていた。学識のある人で、特殊な思考法を育んできたため、自分の学問領域である「結晶学」の観点から全世界を解釈している。とうに、結晶それ自体の研究から自分独自の構造学研究を切り離していた。彼が深く信じるところによると、これこそ今日の世界でほとんど唯一とも言える主要な科学であり、存在する他のあらゆるものの源流になっているという。数学、音楽、有機体と無機体、人間の思考そのものまで結晶学的に組み立てられているというのだ。キリルがこのことに気づいたのはまだ中等学校九年生のときだったが、それから二十年して学位論文の審査に合格し、博士号の証書をもらい、天才か、かなりの変人か、あるいはただの狂人かもしれないという変な評判もついでに立てられたころになってようやく本当の発見をした——結晶構造の病態を突き止めたのである。キリルはそれら病態を分類し体系的に記述した。目的意識に貫かれた視線で長いことオシログラムや分光写真《スペクトル》やスキャンしたデータを観察し、公式を書きつけ、自分自身の精神構造を実験しているうちにいっそう深く信じるようになったのだが、物質の老化現象を記録したら、そうした老化が起こるのは個々の結晶構造が局所的な病気を発症するためだということがわかった。そして、もしその局部劣化につながる患部を固定するようなステープラーを見つけることができれば、この病気と闘うことができるというのである。

とまあキリルはそんなことを考えながら生きている人だったので、彼にはジェーニャのことが病気の結晶のように思えた。そんなふうに構造が壊れたというのは、骨盤や大腿骨が複雑骨折をしたとか脊椎自体が負傷したということではなく、ジェーニャという人格そのものが損傷を受けたということだと思った。ほとんど何の表情もなくじっとしているジェーニャの顔を見つめ、「ええ、いいえ」という短い返答を聞いて、内部にまで入りこもうとし、じっさい内奥に分け入ってすっかり荒廃していることを知ってぞっとした。ジェーニャが外に向けていたたくさんの「原子価」が、まるでカラマツの針のように落ちてしまい、これまで絶えることのなかった電気エネルギーが尽きてしまっている。ジェーニャの口から直接聞くまでもなく、キリルは、妻が今たったひとつ望んでいるのは死ぬことだということがわかった。そして、どんなことでも思いついたら手に入れるジェーニャだからきっと死ぬ手段を探すにちがいないと思った。こんな生き方なら要らない。嫌なのは痛みなどではなかった。痛みは、注射や点滴で和らげられている。それに、今となっては憎らしい身体を締めつける繭のようなギプスが嫌なのでもない。カテーテルでも灌腸器でもなく、これといった個別のものではないのだ……。こんなの生きているって言えない。ひどい戯画、魔術の鏡よ。これまでの素敵でシンプルで自然で正常だったものがすべて、まるで人を嘲笑うかのような醜いものに変わってしまった。生命を保つために必要で気持ちいいはずの食べ物が、今では希《こいねが》う死の障害となり、ジェーニャがいつも貪欲に求め惜しみなく労力を注いできた人との交流もすっかり色褪せてしまった。それというのも、もうだれにも何も与えられなくなってしまったわけだし、人に何かをもらうことなどできないと考えているからだった。だから病室にだれか見舞いに訪れる人がいると、ジェーニャはそっぽを向き目を閉じるのだった。もういい。お願い、もういいから。

ジェーニャが微笑んだのはたった一回、アフリカからサーシャが帰ってきたときだった。サーシャの振舞いは男らしくなかった。母を目にするとベッド脇にひざまずき、マットレスに額を押しつけて泣きだしたのである。そのときジェーニャも初めて涙を流した。

ひと月過ぎ、ふた月目に入った。ずっと点滴をしていて、ほとんどものを食べず、ミネラルウォーター「聖なる泉」を飲んでばかりいるので、体重が減り干からびてきた。話もしない。

キリルはこの世のあらゆることを擲《なげう》って妻に付き添い、手を握って考え続けていた。素晴らしいアイディアが浮かんだわけではなかったが、ひとり外科の外傷専門医を見つけてきた。この年老いたアゼルバイジャン人イリヤソフも深い思索にふける人で、ジェーニャを長い間診察し、それからこの間に溜まった数多くのレントゲン写真をさらに注意深く調べ、しばらくしてからこう診断した。鉄釘で固定して形を整えている骨が癒合したら、ある種の手術というほどでもないが処置をするという。医者の考えでは、どこかに血腫ができているので、これを何とかするべきだというのである。

三ヵ月が過ぎ、コルセットを装着して退院することになった。歩くことはできない。片方の足はかすかに感覚が戻ってきたが、もう片方はまったく何も感じない。しかし両足とも見た目はひどかった——か細く、チアノーゼのように青味がかって生白く、乾燥した肌はぼろぼろ皮が剝けているのだ。家に車椅子が持ちこまれ、ジェーニャはそれにすわらされた。寝たきりではなく、すわれるようになったというのは進歩である。

それにバルコニーもある。バルコニーはグリーシャの部屋についていて、春まではしっかりドアが閉じられている。車椅子でバルコニーに連れていってもらうまで、少なくとも三ヵ月は待たなければならないけれど、そのときまでにこの垂れさがった死体のような忌々しい身体を持ちあげて柵を乗り越えるだけの力をつけておかなくちゃ。

キリルはすべて見通しており、バルコニーのことも気づいていた。ジェーニャも、キリルが何をわかっているだろうと踏んでいた。でもふたりともそのことは口にしなかった。キリルが何を話しても、ジェーニャは聞いていないか、聞いていないふりをしている。とはいえ、ときどき「ええ、いえ」とは言う。

週に二度、チェチェン人のヴィオレッタが来て、ブラシや雑巾で騒音を立てることもなく静かに部屋を掃除した。たいてい「不思議のかまど」で焼いたのかと思うような大きなパイを持ってきてくれる。キリルは、ジェーニャの部屋へは彼女を入れなかった。ジェーニャがだれにも会いたがらなかったからだ。

キリルは講義をするため週に二度大学へ、週に一度研究所へ出かけた。大学院生がやってきて彼の部屋にしばらくいてタバコを吸うこともあった。その他の時間は妻につきっきりで過ごした。朝は顔や身体を洗ってやり、朝食を一緒に食べ、夜は車椅子からベッドに移して隣で寝た。最近よくしていたように研究室に泊まりこむことはもうしなくなった。

グリーシャが帰ってくると、小さな句点や読点で覆われた紙を何枚も持ってくることがあった。自分で描いた絵で、これで生計を立てている。グリーシャは風変わりな子で、中国の筆で自由に紙いっぱいに描き散らした点の他には何も興味がないようだ。でも今ではこれもジェーニャの心を動かさない。

ジェーニャは電話にも出なかった。退院して家に帰ってきたとき真っ先に「いえ」と言った。だれとも話したくないし、だれにも会いたくない。しだいにだれも電話をしてこなくなったが、ひとりリーリャだけは毎晩必ず電話してきた。でももう電話口にジェーニャを呼んでくれとは言わなくなり、毎日何か新しいことを言ってはジェーニャに伝えてほしいとキリルに頼んだ。

今日はお天気がいいとか、何か教会のお祝いの日だとか、お客が来てまがいものだけれど素晴らしい「プラハ」ケーキを持ってきてくれたとか。キリルは電話がかかってくることに慣れ、いつリーリャが同じ話を繰り返すかと思っていたが、リーリャは来る日も来る日も新しい独創的な話を披露するのだった。

二月も末になったある日、リーリャが寂しげな声で、今日は自分の誕生日だからぜひジェーニャにお祝いを言ってほしいと言った。ジェーニャは受話器を取って抑揚のない声で言った。

「お誕生日おめでとう……」

受話器の中で激しい鼻息や悲しげな泣き声が聞こえ、鼻をすする音やうめきの間からリーリャの声がした。

「ジェーニャ！　どうして私のこと見捨てちゃったの？　話をするのも嫌なの？　あなたに会えなくてすごく辛いの。ねえ、ほんのちょっとでもいいから私と話して」

ジェーニャは冷ややかに驚いた。リーリャったら、私の身体の具合を聞きもしないなんて、面白いわね。

「そのうち電話する、リーリャ。今日はだめだけど」

6

ジェーニャは翌日も翌々日もリーリャに電話しなかった。リーリャは二日間待っていたが、ついに自分のほうから電話してきて、キリルに受話器をジェーニャに渡してほしいと頼んだ。妻に話をするかと尋ねると、ジェーニャは黙って受話器を受け取った。

「ジェーニャ、私ものすごく大変だったの。話してもいい？　こんなこと、あなた以外に話せない。だって、こんな悪夢みたいなこと、想像もできない……」

そしてリーリャは、娘たちに関する情けない話を始めた。こんなひどいことをしでかしてくれたのよ、こんなひどいこと……。なんと、うちのお転婆のひとりが妊娠して、産むつもりだって言うの。そうこうするうちにもうひとりが、イーラを孕ませた当のいけ好かないプログラマーと恋人同士になっちゃったから、家の中は今どうしようもない地獄みたいになってるの。娘たちは取っ組みあいをしかねないし……。ほんとのこと言うと、もう取っ組みあいしてるの。これからどうなるんだろう。頭まわらない。これ以上ひどくならないとは思うけど……。

「リーリャ、かわいそうだと思うわ」とジェーニャは溜め息をついて言い、少し考えてから付け加えた。「いいえ、正直言うと、かわいそうだと思うこともできない。どうしても」

「何なの？」リーリャは大声で叫んだ。「気でもおかしくなったの？　とっても頭がよくてとっても優しいあなたがそんなこと言うの？　いいわ、私をかわいそうだと思ってくれなくてもいい。どうせ自分で蒔いた種だもの！　でもせめてどうしたらいいか教えて」

「わからない、リーリャ。もう何もわからない。私はいないようなものだもの」ジェーニャは受話器に向かって微笑んだが、受話器はこの微笑みを伝えることはできず、電話線の反対側でリーリャが吠えるように泣きだした。

「あなたがいないなら、それでだれもいなくなるっていうの？　それじゃ、私にずっと嘘をついてたのね？　私に、起きあがらなくちゃいけない、手を鍛えなくちゃいけない、初めから全部覚え直せばいいって言ったのは嘘だったの？　冗談で言ってたの？　だって私は、一所懸命努力したけど、それはただもうあなたに褒めてもらいたかったからよ！　あなたはいる！　いる！　もしいないなら、あなたは裏切り者、嘘つきよ！　ジェーニャ、ねえ、何でもいいから何か言って」

ふたりとも泣いていた——ひとりは怒りと悲しみのため、もうひとりは無力感のため。ドアのあたりに立っていたキリルは、なぜ受話器を渡してしまったんだろうと自分を責めていた。だれとも話したくないってジェーニャは言っていたじゃないか。それなのに、あんなふうに泣かせてしまった。そこでキリルはふと、ああ、もしかしたら泣くのはいいことかもしれないと思いついた。

ジェーニャは電話を切って受話器を膝に置いた。そして手術後意識が回復して初めて自分のほうから問いかけた。

「ねえ、キリル、うちにお金ある？」

キリルはこういう問いが来るとはまったく予想していなかった。妻の車椅子の横にあるベッドに腰かけた。

「金ならあるよ、ジェーニャ。充分ある。君の代理が毎月一日《ついたち》に届けに来るんだ。いつも君に会って話したがってる。でも君が……。全体として僕には不思議な話に思えるんだが、そいつが言うには、自分が出版社を引っ張ってる間は、給料を払わずに君を放っておくことはしないそうだ。大丈夫なのかなあ……。まあ、僕だってまだ多少は金をもらってるけどね」キリルがにやりと笑ったのは、状況次第で額の変わる彼の「相対的な」給料は、基礎科学に携わる学者たちに国家が払う「相対的な」敬意に左右されるからだった。

「まあ、驚いた」ジェーニャは首を振った。「へえ、そうだったの」

これがこの五ヵ月間で初めての会話だった。金に関する会話が。

「でも、ひょっとすると、あいつは立派な人間なんじゃないかな?」キリルが気の利いた推測をしてみせた。

「ひょっとすると。でも、かなり珍しいことね……。セリョージャはとても若いから、礼儀だなんだなんて知らないはずなのに……」

「もしかして家柄がいいとか?」

「それはないわ」

ジェーニャはそう答えて物思いに沈んだ。リーリャの電話とセリョージャの驚くべき振舞いのために、ジェーニャは、冷たい氷面下で魚が休眠しているような状態にとどまっているわけにいかなくなった。魚は感覚の麻痺した身体に、たったひとつの願いを抱いている。それは、春まで生きのびてぱしゃんと飛びこむこと。七階から思いきりよく飛びおりて、紙おむつともどもすべてを削除《デリート》すること。削除《デリート》、削除《デリート》。

ドアのあたりに立っていたキリルはこの出来事を祝い、自分の課題に考えを巡らせている。

安定を失ったみじめな「結晶格子」について、「周辺効果」について、結晶の成長を刺激するエリアの退化と活性化について……。キリルはかつてジェーニャに深く惚れこみ、それから長いあいだ愛し続け、それから親戚関係になり、それから関心がなくなり、遠ざかり、愛着を感じ、やがてジェーニャと一体となり相互浸透する結晶のように分かちがたい構造体になっていることに気づいた。そして今ジェーニャが死にたがり、キリルはどこまでも頑固に立ち向かっていた。そういうロバのような性格だったからこそ、それまで軽んじてきたすべてを習得することができたのだろう。料理書を繙《ひもと》いてボルシチやソバ粉の粥《カーシャ》の煮方、カツレツの揚げ方、フルーツポンチの作り方を読み、それから説明書を出してきて、どこに洗濯物を入れどこに洗剤を入れたらいいかなど洗濯機の扱い方を把握した。食料の買い物だけはうまくできなかったが、それはそういったマニュアルがなかったからだ。でも買い物はグリーシャが引き受けてくれ、それはそれで高みをきわめた。リュックサックに食材を入れて運んできたのだ。夫も息子も、ふたりとも、自分たちが実務的でたくましいことに少し誇りを感じ、もっと前からこうしていればよかったと少し悔やんだ。前は、明るくてちょっぴり辛辣なジェーニャが勢いよく走りまわり、冗談を言ったり悪口を言ったり、いたるところに吸い殻の刺さった色とりどりの灰皿にタバコを押しつけて火を消したりしていた。でも今は、空っぽの灰皿があちこちに置いてあるのに、ジェーニャはもうタバコを吸わなくなった。走りまわったりもしない……。だから、ふたり一緒の生活を続けていくには、キリルが「自分らしくない」仕事を引き受けざるを得ない。家事を手伝うヴィオレッタは部屋を掃除するだけで、それもなかなか金を受け取ろうとしないので毎回ほとんど無理矢理金を手渡していたが、それ以外のことは全部キリルの責任で、電気代の払込み書の書き方までマスターした。生から顔をそむけてしまったジェーニャはこうしたことに気づいていないようだが、キリルはちっともがっかりしていなかった。というのも、キリルがこうした自分にとって目新しい作業をしているのは、感謝の気持ちからではなく、自分の頑固さが続くかぎり妻は生きているだろうというぼんやりした予感があるからなのだ。で、ジェーニャが生きていれば、ひょっとするとこの忌まわしい損傷も直せるかもしれない。「損傷」というとき念頭に置いているのは、ジェーニャの負傷した脊柱のことというよりむしろ構造……キリルが言うところの構造であった。「魂」という言葉は、「モラトリアムする」とか「キャッシュする」などという言葉と同様、キリルには使うことが憚られるのだった。

「リーリャにさりげなくあげられるといいんだけれど。できる？」長い沈黙の末ジェーニャがこう聞いたとき、キリルは結晶について思いを馳せてはるか遠くまで行っていた。

「いくらだか言ってくれないか、グリーシャに持っていかせるから」キリルは応えた。

「百、出せる？」

「超《ちょう》簡単」

なんて変な答え方。グリーシャの口癖ね。グリーシャの言葉を真似してるのね、とジェーニャは思った。

キリルは相変わらず背中を丸め、不自然な格好をしてベッドのそばにつきっきりでいる。なんだか首筋に血管が浮き出てきて、顎の下の皮膚がたるんでいるわ。こんなに痩せちゃって。

それに老けた。かわいそうに……どうやってこなしているのかしら。なんてことかしら、キリルが全部自分でやっているなんて……。まさかそんなはずはない。そうなったらもうキリルじゃない……。グリーシャのおむつを見ただけで吐いた人なのに！

リーリャは毎日電話でジェーニャと話し、自分の複雑な家庭生活がどんなふうに変わり果ててしまったかを話して聞かせたり、援助してもらったことにまたお礼を言ったりした。一週間以上こんなことが続いてから、ようやくジェーニャはリーリャが自分の健康について尋ねないのはわざとなのではないか、要するに病人の愚かなエゴイズムではなく、何かの戦略なのではないかと思い当たった。それで考えこんだ。考えるのも億劫だったのだけれど。知的活動を停止していると救われるので、ジェーニャはすっかりそういう状態に慣れきっていた。そのおかげで、自分のことを括弧の外に出し、動くことのできない屈辱的な状態や半分死にかけているような身体への憎悪で苦しまずにいることができたのだ。ということは……その戦略って？どうして思いやりのあるリーリャが、「で、あなたの調子はどうなの？」とか「言うことをきかない足に紙おむつをしてどう？」って一度も聞いてこないのかしら。どういうわけかこのことが大事に思えた。

眠りにつきながら、聞いてみよう、とジェーニャは思った。

# 7

翌日は金曜日だった。キリルが朝九時の講義に間に合うよう出かける唯一の日だ。毎週金曜日にはジェーニャを六時半という早い時間に起こす。いつものように風呂場に連れていく。他の太った寝たきり病人と違ってジェーニャは痩せていた。でも軽いとはいえ、ジェーニャを抱きあげるのはちょっと大変だが、運ぶのは何ということもなかった。キリルは逞しい農民の血を引いており、子供のころからジャガイモ袋を担いだ。若々しい力はもう無くなったが、ジェーニャを抱きかかえるにはたいした力は必要ではなく、むしろコツをつかめばいいのだった。

まずジェーニャをトイレにすわらせ、それから風呂場に連れていく。時間を無駄にしないよう自分は髭を剃る。それから風呂場に車椅子を持ってきて、そこに大き目のシーツを敷く――すべて考え抜かれ、工夫されていた。ジェーニャは自分で身体を拭く。それからシャツを着るのをキリルが手伝い、ベッドに連れていって背中と腿の付け根にクリームを塗り、床ずれはないか注意深く調べる。よく気を配っている。おむつをつけてから、一緒に朝食をとる。ジェーニャはお茶を飲んで粥《カーシャ》をスプーンで二口食べた。キリルが食器を片付け、ジェーニャが電話機を持ってきてと頼んだので持っていってやり、出かけた。昼食までの予定だ。

ジェーニャがリーリャに電話をしたのは十一時だった。電話番号を思い出すのに時間がかかった。このところ何と多くのものが頭からこぼれ落ちたことだろう。以前はだれの番号だって正確にきちんと頭に入っていたのに。

リーリャはすぐに出て、嬉しそうに言った。

「ジェーニャ！　あなたからかけてくれたの今日が初めてね！　ああ嬉しい！」

声が華やいでいて幸せそうだ。

「リーリャ！　ねえ、どうして一度も聞かないの、その……私がどうしてるかって」

「あなたのところに行って話さないと、ジェーニャ。今から行くけど、いいわね」

「今から行くって言ったって。箒にでも乗って飛んでくる気？」

「ジェーニャ、私杖なしで歩けるようになったの。もちろん家の中だけよ。でも今ならひとりで外に行けると思う。電車やバスはもちろん無理。タクシーつかまえるわ。ひとつどうしても言わなくちゃいけないことがある、でも電話じゃだめなの。電話じゃ言えないの」

「じゃ来て」ジェーニャはそう言って仰天した。あまりに驚いたので心臓がどきどき言いだしたくらいだ。「でも今日はやめてくれない」ジェーニャは防御態勢を取ろうとした。「今キリルがうちにいないの、ドア開ける人がいないでしょ」

「グリーシャは？　グリーシャが開けてくれない？」リーリャが電話口で叫んでいる。絶対行く、歩いてでも、這ってでも行くと言っているのが聞こえる。

「そう言うけど、寝てるのよ、グリーシャは。リーリャ、明日来てくれない、ね？」

「そんなの絶対だめ、ズボンを穿いたらすぐ出るからね……」

リーリャが来たのは二時間後だった。グリーシャがドアを開けた。玄関近くでさんざん騒ぎたて、ようやく部屋に入ってきた。大きくて太っている。ちゃんと動くほうの手でおなかのあたりに花束を抱えている。ピンクのセロハン紙に包まれたオランダ式アレンジの花束で、まるでセレブの結婚式に持っていくような感じだ。左手は身体に押しつけている。

「どうか泣かないで、泣かないで」ジェーニャが懇願した。

「わかってる」震える唇を噛んで答えたリーリャは、たちまち膝をつき、ベッドに頭を突っこんで肩を震わせた。

なんて馬鹿、馬鹿だった。どうして「来て」なんて言っちゃったんだろう、とジェーニャは後悔した。

リーリャはベッドを揺らすのをやめると、くしゃくしゃになった花束から涙に濡れた顔をあげ、きっぱり言った。

「ごめんね、ジェーニャ。今から話すことは半年前から考えていたことなの。頭にこびりついて離れない考えがあって、いつも頭の中ではあなたに話しかけていたんだけど。いいから聞いて。あなたのこの事故は偶然起きたんじゃないの。私のせいなの」

「あら、まあ」ジェーニャは薄笑いをした。「はいはい、それで……」

「私真面目に言ってるの。あなたのこと、これまでずうっと羨ましく思ってきた、ジェーニャ。もちろん大好きだったけど、それより嫉妬心のほうが強かった。嫉妬ってものすごいエネルギーよね。よく『邪視』って言うでしょ、悪い目で見るとその人に災いをもたらすって。戯言かもしれないけれど無視できない何かがある。あまりに強く嫉妬すると、この世の何かが壊れちゃうのよ」リーリャは利かないほうの左手をちょっと動かして肩の高さまで持ちあげた。「それから夢を見たの。二度。最初の夢は十月十五日より前で、二度目は一ヵ月後」

十月十五日っていったい何の日？　そうだ……もちろん。フランクフルト行きのチケットが十月十五日だった。

「こういう夢だった。道を歩いてるの。とくに変わったところもない、ふつうの灰色の道よ。両脇に低い木が生えてて。私はとんでもなく重い袋を担いでる。袋は小さいような感じなんだけど、もう重くて押しつぶされそう、ほんとに私つぶれちゃいそうなの。おろしたいんだけど、おろせない。片手じゃできない。人がたくさん同じように歩いているみたいで、やっぱりみんな荷物を背負ってる。助けてって言っても、みんな私のことが見えないらしくて。ほんとに私、透明人間みたいで。そしたら不意にあなたが現れた。何にも持たずに、青いワンピース着てハイヒール履いて歩いてるの。ほらあなたの青いシックな靴。私を見てすぐに飛んできてくれて、何か言った。何て言ったかは覚えてないけど、慰めてくれるような言葉よ。で私が頼むまでもなく、さっさといかにも軽々と袋を取って、仕方ないわねって感じで自分の肩にかけたの。あなたの手にかかると袋はまるで重くないみたい。それで私は心の中で考えたの、私が背負ってるときは石のように重かったのに、ジェーニャには軽いように見えるのはどうしてなんだろうって。夢はこれでおしまい。最初はまったく何もわからなかった。その後あなたが事故に遭った。そうね、私たち、私も娘たちもどんなに心配したかは話さないでおくわ。そうなの。娘たちはあなたのことが大好きなのよ、ジェーニャ。ついでに主人のフリードマンもよ。彼は今うちに戻ってきたいって言いだしてるけど、これについては後で話す。というわけで……。あなたは手術のあと意識を取り戻したでしょ。私、スクリフォソフスキー救急病院に知り合いの女医さんがいて、これまでいろんなもの用立ててあげてきたから、彼女、毎日電話してきてくれて、ああだったこうだったって何でも教えてくれてたの。で、手術が終わってちょうど十日後にもう一度同じ夢を見たの。また前と同じ道を歩いていて、また私にはだれも気づかないのに、またあなただけが私のほうにやってきた。でも着ているものは前と違ってて、何か作業着みたいな黒い上っ張りか前掛けのようなものだった。それに靴はなんだかよれよれでぜんぜんあなたに似合わない……。でもあなたは、何事もなかったような顔で私のところに来て、また私の袋を取った。で私たちはそれぞれ歩いていくの。信じられる、どう？」

リーリャはそう聞いたものの、信じるわという答えを期待しているわけではまったくなかった。急いで最後まで話してしまいたいようだ。ジェーニャは弱々しく微笑みながら聞いている。それにしても、素敵、なんてお馬鹿さんなの、リーリャ・アプテクマン！

「とまあ、こういうわけ。あのね、信仰のある人にはもうひとつの世界があるの、わかる？そっちのほうが現実の世界より大事。ずっと大事なのよ。それで私、考えたの、この夢は何を意味しているんだろうって」リーリャの顔はしかつめらしく神秘的になった。「私はあなたに自分の十字架を負わせてしまった、それが実際に起こったことなのよ。だから私は何ともなくて、あなたが大怪我をした。突っ込んだのは赤いアウディじゃなくて、私なのよ。悩みや嫉妬を抱えた私。そう、嫉妬なの。わかるでしょ、ほんとにあなたは寝たきりになっちゃったのに、私はよくなるばかり……」

リーリャはまた泣きだした。

「ねえ。そんなの、チンプンカンプンの迷信よ。お願いだから泣かないで。酔っぱらって賭けをした男がカジノから出てきた。一晩でものすごい大金をすって、アウディで突っこんできた。エアバッグがあったのに助からなかったっていう話でしょ。なのにあなたったら、わけのわからない夢の話をして」ジェーニャはリーリャの頭を撫でた。「持っていって、グリーシャに花を花瓶に生けるよう言ってくれない」

ひざまずいていたリーリャは、健康なほうの手でベッドによりかかりながら重々しく立ちあがった。

「そこをいちばん心配してるのよ」リーリャは悲しげに言った。「あなたはとても頭がいいけど、単純なことがわからないから」

リーリャはキリルが帰ってくるまでいて、わが身を責めたり悔やんだりしていた。さらに何度か夢の内容を語り直し、それからしみじみとジェーニャに言った。

「だからね、こう言われたでしょ、『自分の十字架を背負って私に従いなさい』[注5]って。ただ『十字架を背負いなさい』じゃないのよ、他人《ひと》の十字架を背負っちゃいけないの。自分の十字架じゃなきゃいけない。それなのに、私ったら、いつも自分の十字架を他の人に背負わせてた。みんなに愚痴を言って、みんなから援助してもらったり同情してもらったり。だれよりもあなただった。それでね、ほら、私の十字架があなたの背中を折っちゃったのよ。そういうことだったの。だから私、すべて元どおりになりますようにってお祈りしてるの。あなたが立ちあがれるようにって」

「もういいから、リーリャ。私だってあなたの聖書、読んだけれど、いろいろなことが言われてる。互いに重荷を担いなさい[注6]とも書いてある。それとも違ったかしら？」ジェーニャはリーリャの武器を用いて撃ち返した。

リーリャは両手を振った。片方は素早く大きな動きを見せたが、もう一方ははっきりそれとわかるくらい遅れをとったが、それでも身振りに加わった。

キリルが帰ってきて昼ごはんを作ってくれた。みんなで一緒に台所で食べた。

「ジェーニャ、あなたなんて料理が上手なの」リーリャが褒めた。

「私？　作ったのはキリルよ」とジェーニャは答えた。

キリルはにっこり微笑んだ。彼に少しばかり必要なもの、それは賛辞だった。

こんなふうにしてリーリャは夜遅くまでいたが、帰った後、ジェーニャがキリルにリーリャの説を話すと、キリルはしばらく考え、構造体に関する自説に当てはめてから首を振った。いや、そんなことは考えられない。そんなわけない。

十一時にアゼルバイジャン人のイリヤソフ先生から電話があった。スクリフォソフスキー救急病院に入院していたジェーニャのところに診察に来て、骨がすべて癒合したら手術をしましょうと約束してくれたあの医者である。ジェーニャが退院した後もう一度、今度は家に来てくれたのだが、ジェーニャはそれをよく覚えていなかった。

翌日イリヤソフがやって来た。干からびた黒い顔と鏡のような黒い目をしているのでジェーニャは驚いた。医師自身も何か病気にかかっているようだ。彼は長い時間ジェーニャの背中を揉んだり撫でたりしていたと思ったら、急に痛いほど指で叩くので、ジェーニャが叫び声をあげると、小さな声で笑い、キリルに針を持ってくるよう言った。マッチをすり、玩具のような炎に針の先をかざして、さらに長いこと背中や足に針で線を描いたり軽く刺したりした。

しばらくしてから、テーブルの上に置いてあったキリルの手帳に針を挟むと、突然急ぎだし、玄関に向かって歩きながら言った。

「来週の火曜日午前九時までに病院に来てください。おそらく手術は水曜になるでしょう。麻酔は部分麻酔です。痛みに堪えてもらうことになりますので覚悟してきてください。六百ドル持ってきてください。残金は結果次第ということで」

「歩けるようになる見込みはあるんでしょうか?」もう廊下に出てからキリルが聞いた。

イリヤソフは訝しげに、疑い深そうな目でキリルを見た。教えてやるだけの意味があるのかといった面持ちである。ポケットからノートを出して、その場で、つまり玄関で、動きながら椎骨の絵を描いてみせ、それからもう一枚添えた。絵は上手だったが、椎骨の曲線はかなり急だった。それにしても、こんな複雑な心棒《スピンドル》が実際に身体の中にあるなんて信じられない。ドクターは、自分の描いたいくつもの小さな穴を黒いボールペンでなぞって緩やかな曲線を引き、それが脊髄の神経だという。それから楕円を描き、それに陰影をつけて、ボールペンの先で小突いた。

「さてと。ここに髄液がたまって凝固し神経を圧迫しているのではないかと思います。神経はまだ萎縮しきってはいないのではないかという感じがしています。これを除去したいと思っているんです。そうしたらはっきりわかるでしょう」

ヴィオレッタが台所から雑巾を持って顔を出し、ドクターに挨拶をした。ドクターも頷いたが、顔見知りだったかどうかわからなかった。

ドクターが帰ると、ヴィオレッタはキリルのところに行ってこう告げた。

「キリルさん、私、あのイリヤソフ先生を知っています。私たちの子供たちを病院に受け入れてくださる方です。そういう家族をふたつ知っています。ひとつは私たちの故郷グローズヌイ出身の家族で、十歳の男の子がいて、足を切断したんです。先生は義足を作ってあげて、お金を受け取らず、自分のお金を出したんです。聖人みたいな方です」

「ああそうなの?」キリルは驚いた。聖人にはついぞお目にかかったことがなかった。

## 8

手術は大変な痛みを伴ったが、ジェーニャは我慢し、ときおり呻いただけだった。はてしなく長く続く手術の間ジェーニャが考えていたことはたったひとつ。春になったら、どうやってバルコニーに連れていってもらうか、バルコニーの手すりを乗り越える瞬間にどれほどの喜びが得られるかということだった。やがてイリヤソフの声が聞こえた。

「ジェーニャ、私の声が聞こえるかい? これから少し声をあげてもらうよ。すごく痛かったら強く叫んで、それほど痛くなかったら、ほどほどに叫ぶんだ。いいね？」

するとジェーニャは力を振り絞って叫びだした。ずっと叫び続けていたが、とうとうぷつんと声が途切れた。

「よし、いいぞ！」というイリヤソフの声を聞いて、ついに意識を失ったのだ。

痛みはさらに三日間続いた。まるで灼熱の金棒を脊柱に入れたかのように、背中が折れそうに痛んだ。ドクターは毎朝診察に来て、「いいぞ！　いいぞ！」と診断をくだす。

キリルは朝からたいてい病室に来ている。ドクターのあとについて病室を出て尋ねた。

「何か良い兆候はありますか、先生？」

ドクターはウィンクした。歩けるようになりますよ、きっとね。

二週目になるとマッサージ師が通ってくるようになった。やはり東洋系で、インド人のように見える。ジェーニャはずっとうつ伏せのままで、仰向けにしてもらえない。インド人と思しきは、じつはタジク人で、名前はバイラムという。それにしても変わった病院だなと内心キリルは思ったが、ジェーニャには一言も言わなかった。バイラムはジェーニャの足を揉み、燃えている蠟燭のようなものを足に当てた。

一週間して仰向けにされ、すわった状態になってはいけないと言われる。もう一週間してから、イリヤソフが脇の下に両腕を差し入れてジェーニャを起こした。ジェーニャは立ち、自分の足で身体を支えた。

ほんのわずか立っていただけでドクターがジェーニャを抱きあげて寝かせた。

「すわってはいけないよ、わかったね？　三ヵ月の間すわらないこと。歩くのはいいけれどすわってはいけない」

その翌日キリルに、あと三千持ってきてほしいという。バイラムには別途支払うことになっている。要求するだけ払ってくれという。キリルは、聖人にしては少し高すぎるのではないかと思ったが、金はあった。サーシャがアフリカから送ってくれたのである。

バイラムは毎日やって来て、二時間ずつ治療する。動きがあまりに滑らかなので目を離すことができないほどだ。ジェーニャは唸り声をあげる。痛い。週末バイラムはキリルに八百ドル払うよう言ってきた。まったく聖人たちは高くつく。

ジェーニャは明るくなった。看護婦さんが歩行器を持ってきてくれ、日に日に自分の足で立っている時間が長くなっていった。歩行器を使った後、緊張のあまり汗まみれになって横になると、キリルが長い時間かけてジェーニャの足の指を一本ずつ手にとって自分の体温で温めてやった。

一ヵ月後、ジェーニャは病室から廊下に出た。とはいっても、まだ使用許可が出ていない車椅子でではなく、一歩一歩歩行器で歩いたのである。廊下で最初に目にしたのは、少年ふたりの喧嘩だった。ひとりは両足がなく車椅子だが、長い両手でもうひとりを巧みにひっぱたいている。そちらは、二本の松葉杖に必死でしがみついている。左手が肘からなく、右足が膝から下がない。車椅子にすわっている少年のほうが明らかに有利だ。

「対歩兵地雷のせいね」とジェーニャは察した。

「こら、イリヤソフ先生を呼ぶよ。ふたりとも先生のステッキで殴られるから！」ナースステーションから看護婦さんが怒鳴った。車椅子の少年はすばしこく向きを変えると、どこかに行ってしまった。

ジェーニャは息苦しくなったが、自分では向きを変えることができない。

「キリル。部屋に戻るの手伝って」と頼むと、キリルは慎重に歩行器の向きを変えた。

## 9

五月の終わり、ハーヴァがエルサレムから戻ってきた。エルサレムに七ヵ月間いて、何とかいうユダヤの大学で学んだという。

ジェーニャの家に遊びに来た。年をとったが美しく、頭には銀色のターバンのようなものを巻きつけ、明るい色のロングドレスを瘦せた身体のまわりで優雅に揺らしている。

二人はバルコニーに立っている。ジェーニャは歩行器の縁に肘をかけている。ひとりで立って数歩、歩けるようになったが、歩行器を使うほうがやはり危なっかしくなかった。

ハーヴァはいつになく無口なので、ジェーニャのほうから水を向けた。

「で、何の勉強してきたの？」

「言葉と五書よ」ハーヴァの答えは慎ましやかだ。

「それでどうだった？　マスターしたの？」

「難しいわ。答えが多くなるほど疑問も増える」

木々の高さは五階までで、バルコニーから見えるのは、二本のモクセイの細かい巻き毛のような梢ばかり。その下にあるはずの地面はかろうじてそれとわかるくらいだった。ジェーニャはもう飛び降りたいとは思わない……。

「ジェーニャ、私ね、勉強をやめることにしたの。どうも然るべきところから始めていないと思う。何もかも投げ捨てて新しく生きなおしたいと思って」

「それわかるわ」ジェーニャは賛同した。

ふたりはお茶を飲んだ。それからハーヴァがジェーニャを車椅子にすわらせ、洗面器に湯を注ぎ、そこにジェーニャの細い足を浸けた。爪を切って、軽石でかかとを擦り、古い剃刀を探しだして脛のところどころにあった長い毛を剃った。そしてきれいに拭いてクリームをつけた。ずっと口をつぐんだまま。

それから顔を上げずに、とても落ちついた声で言った。

「ぶくぶく泡立つものは内心にいっぱいあるけど、少し自由になったかな。これまでずっとコースチャがあなたのことを愛していたんじゃないかと思って苦しんでたの。だって結局はあなたを嫌いにならなかったでしょ」

「なに馬鹿なこと言ってるの……。とっくの昔の話じゃない。私たち新しく生きなおすのよ。それについて五書は何て言ってるの？」

「天にましますま主よ、感謝します。あなたがそのご慈悲で私に魂を戻してくださったことを……。これは朝のお祈りよ、ジェーニャ。ヘブライ語だととても綺麗なの」そう言ってハーヴァは、喉の音を響かせて長いフレーズを言った。
セリョージャに言って原稿を二本持ってきてもらわなくちゃ。彼が刊行を引き受けるにしても、注釈付きの校閲はできないもの、とジェーニャは考えた。それからサーシャに頼んでキリルの新しいズボンを買ってきてもらおう。紺と黒の二本。それから手紙の返事も書かなくちゃ。それから最後にいろいろな用事を手帳に書いておかないと。

---

注1 薬局のことをロシア語で「アプテカ」といい、旧姓「アプテクマン」と音遊びになっている。
注2 ロシアの民話。呪いをかけられカエルの姿にさせられたワシリーサがイワン王子と結婚し、呪いが解けるまでの物語。
注3 アルカージイ・ガイダールの小説『チムール少年隊』を示唆している。第二次大戦時、出征軍人の留守家庭や孤児などを助けて活躍した少年少女を描いた作品で、ソ連全土にチムール運動が展開された。
注4 ソ連崩壊後、市場経済の時流に乗って登場した新興富裕層。ライフスタイルや趣味の悪さがしばしば皮肉や揶揄の対象とされる。
注5 新約聖書「マタイによる福音書」16章24節。「それから、弟子たちに言われた。『わたしについて来たい者は、自分を捨て、自分の十字架を背負って、わたしに従いなさい……』」。
注6 新約聖書「ガラテヤの信徒への手紙」6章2節。「互いに重荷を担いなさい」。

# 訳者あとがき

本書は六編の物語からなる連作短編集である。

原題は《Сквозная линия》――「貫く線」とでも訳せばいいだろうか。嘘というモチーフがどの短編にも通奏低音のように響くなか、全編を貫く主人公としての位置が、嘘をつかない（嘘をつけない？）ジェーニャに与えられている。その意味で「貫く線」というのはたいへん含蓄のあるタイトルなのだが、邦題はわかりやすさを優先させ、著者リュドミラ・ウリツカヤの許可を得たうえで「女が嘘をつくとき」とした。このことの是非は読者のご判断を仰ぐしかない。

たった今ジェーニャが主人公だと書いたが、ふつうの単線的に語られる物語とは違い、各編が独立していて、それぞれの物語の内的欲求にしたがうかのように自由に語られているため、必ずしもジェーニャがいつも中心にいるとは限らない。有能で毒舌家だが人情に厚くて優しいジェーニャが、周囲の女たちの嘘に騙され、同情したり気を揉んだりしたあげく嘘を暴くという筋の話が多いものの、《自然現象》ではその役どころがやや遠景に退いているし、逆に《生きる術》では、それまでほぼ聞き役に徹していた彼女が本格的なヒロインとなって最後を締めくくっている。

じつは、二〇〇二年に刊行されたウリツカヤの作品集（Людмила Улицкая. Сквозная линия. M.: Эксмо, 2002.）に「貫く線」という題の連作が収められたときは、序文を除いて短編は五編しかなかった。ところが、二〇〇四年に同じ出版社から別の作品集（Людмила Улицкая. Искусство жить. M.: Эксмо, 2004.）が刊行されると、そこには序文と六編で構成された連作が収録されていた。

これに関してウリツカヤ自身あるインタビューで、「この作品は初め五編で出版したのだが、どうしても満足できず、《生きる術》を加えてひとつのまとまりのある作品として完成させた」と語っている。一見、形式的に統一のとれていない「寄せ集め」のような印象を与えるかもしれないが、そのじつ気鋭の評論家レフ・ダニルキンの言うとおり、「すべてが自然に流れている。まるでどこか離れたオーケストラ・ボックスに調和のとれた音楽ユニットが配されていて、伴奏しながら同時にリズムと気分と音響効果を醸しだしているかのよう」である。その調和と一体感は、長めの《生きる術》が最後に付け加えられたからこそ得られたものだと思う。

作者の意を受け、本書は六編から成る Людмила Улицкая. Сквозная линия. M.: Эксмо, 2010. を底本とした。

*

舞台となっているのは、一九七〇年代後半から約二十年間の主にモスクワだ。最初の《ディアナ》で激しい偏食の癇癪持ちだった幼い息子サーシャが、最後の短編ではすっかり大人になっていて、変わり果てた母の姿を目にしベッドに突っ伏して泣く。いっぽう母のジェーニャのほうは(騙されてばかりいるわけではなく!)、道ならぬ恋をして夫を家から追いだしたり、研究者の道をあきらめてテレビの世界に転身したりと、かなり波瀾に富んだ人生を歩んでいる。

しかし、彼女の生の軌跡が見渡せるようになるのはようやく作品も終わりのほうになってからで、それまではときおり片鱗が垣間見えるだけ。むしろ主だった登場人物は、産んでもいない娘の話をする母、いないはずの兄をでっちあげる少女、ありもしない恋愛について語りたがる女の子、詩人のふりをする老教授、シンデレラ物語を夢見る娼婦たちである。

さらにジェーニャの人生の背景にあって、やはりほんのときどき顔を見せるのがソ連から新生ロシアに至る社会事情だ。ロシア社会のレアリアがわからなくてもこの小説は充分に面白く読めるが、作品に即して大まかな説明をしておくと、特権的な共産党官僚のための食品店が出てくる《ディアナ》はソ連の「停滞の時代」、一九七七年前後の話と推定される。ここでジェーニャは「壊れかけている自分自身の家庭生活」とアンナ・カレーニナのドラマを比べようとしている。《ユーラ兄さん》では、十二歳のサーシャと八歳のグリーシャというふたりの息子がいるジェーニャは「うまくいかない私生活」の問題を抱えている。《筋書きの終わり》には「一九八〇年代半ば」と明記してあるので《ディアナ》からほぼ十年の歳月が流れ、ゴルバチョフが共産党書記長に就任してペレストロイカを進めている頃だということがわかる。三十五歳のジェーニャは素敵なアパートを手に入れ経済的には恵まれているようだが、人気演出家との「祝祭」のような恋愛に悩んでいる。《自然現象》は時代を特定することができないが、ジェーニャが恩師の葬儀のために気前よく大金を出しているのが印象的だ。《幸せなケース》は「一九九〇年代初め」つまりソ連が崩壊し、ぎくしゃくしながらも資本主義の道を歩みだした時代である。才覚のあるジェーニャはロシア社会の激しい変容に耐え、テレビ業界でめきめき頭角を現してくる。《生きる術》は一九九八年前後の話と思われるが、四十五歳のジェーニャは出版社に転職している。当時のロシアが財政危機を経験したことは研究職にある夫キリルの不安定な給料に反映しており、貧富の差が広がりはじめていることは新興富裕層「新ロシア人」という言葉にあらわれ、凄惨をきわめたチェチェン紛争の後遺症はモスクワで暮らす難民家族の姿に認められる。

＊

では、この作品のテーマである「嘘をつく」とはいったいどういうことなのか。じつはウリツカヤのやはり六編からなる別の作品『それぞれの少女時代』(原題は「少女たち」)にも、双子の片割れで巧みな嘘をつく少女が登場し、双子のもうひとりを捨て子呼ばわりしてとんでもない話をでっちあげるのだが、そこで語り手はこう述べている。

意地悪の次の一歩はまったくの即興だった。でもヴィクトリヤは、とくに悪い子というわけではない。よからぬ考えに心を奪われてしまっただけなのだ。才能ある人たちにはよくあることだが、そうしたよからぬ考えというのは、ひとりでにどんどん育っていってしまうものなのである。

本書の語り手のスタンスもこれと同じで、女たちの嘘に驚き訝りつつも、嘘をつくことを必ずしも弾劾してはいない。それは、まことしやかな嘘をつくには一種の才能が必要だからであり、虚構の物語を作るという意味では作家こそ最高の嘘つきであるからにほかなるまい。悲劇のヒロインであれ、幸せな王女であれ、「なり得たかもしれないもうひとりの自分」を想像してファンタジーの世界を創造するというのは、「物語」を求める人間本来の欲望とも言えよう。まさに「想像」は「創造」の原動力なのである。

子育てをしながらパワフルに仕事をこなし友人たちの身の上をいつも心にかけてきたジェーニャが理不尽にも絶望のどん底に投げ落とされたとき、彼女を死の淵から救ったのは、学のないお人好しの友人リーリャのおしゃべりであり、「嘘」とまでは言えないものの作り物めいた夢の話だった。リーリャの悲劇を聞いて、ジェーニャが一種のカタルシスを得て生きる気力を取り戻したことはたしかだ。そうだとするなら、作者は「嘘」「虚構」の持つ魅力的でかつ魔術的な癒しの効果をむしろ積極的に肯定していることになるだろう。

＊

リュドミラ・ウリツカヤは一九四三年、家族の疎開先だった旧ソ連バシキール自治共和国で生まれた。モスクワ大学で遺伝学を修め、卒業後遺伝学研究所に勤めていたが、反体制文書に関わったとして仕事を辞めさせられている。作家として認められるようになったのは五十歳近くになってからだが、それ以後、現在にいたるまで精力的な創作活動を繰り広げている。実力と人気を兼ね備え、現代ロシアで最も著名な作家のひとりである。

日本語に訳された作品は以下のとおり。

『ソーネチカ』沼野恭子訳、新潮社、二〇〇二年（原書は一九九五年、フランスのメディシス賞）

『それぞれの少女時代』沼野恭子訳、群像社、二〇〇六年（原書は二〇〇二年）

『通訳ダニエル・シュタイン』前田和泉訳、新潮社、二〇〇九年（原書は二〇〇六年、ボリシャヤ・クニーガ賞）

この他の主要な長編（未訳）に『クコツキー家の人びと』（二〇〇一年、ロシア・ブッカー賞）、『敬具シューリク拝』（二〇〇四年、ロシア最優秀小説賞）、『緑の天幕』（二〇一一年）がある。

『通訳ダニエル・シュタイン』は、ゲシュタポで通訳をして何百人ものユダヤ人を救った実在のポーランド系ユダヤ人をモデルとした物語である。主人公はカトリックの神父となり、宗派の争いを超越した宗教の融合を夢見てイスラエルに暮らし布教活動をする。民族問題、宗教問題を含む複雑でアクチュアルな内容と、日記や書簡などのコラージュという形式の斬新さが相まってこの作品は、作家としてのウリツカヤの新境地を開くものとなった。

昨年刊行された『緑の天幕』は、スターリン死後のソ連の現実を背景に、三人の同級生と彼らを取り巻くさまざまな人々のドラマを縒りあわせて複雑な光沢の織物を紡いだような作品である。「停滞の時代」を生きた作者と同じ世代の知識人たちへの追憶の書と言えなくもないが、それは作者が現代ロシア社会から目を背けているということを意味するものではない。

ウリツカヤはけっして「社会派作家」とは言えないが、これまでも社会問題に並々ならぬ関心を寄せてきたし、最近はその傾向をいっそう強め、いろいろな事業や市民運動に携わっている。たとえば、「リュドミラ・ウリツカヤの子供プロジェクト」では、異文化に対して寛容な精神を持たせることを目的とした絵本をシリーズで出版している。またモスクワのホスピス病院を運営している「ヴェーラ基金」を支援するため作家たちに呼びかけて短編を提供してもらいアンソロジーを編んでもいる。あからさまに反体制を表明し、新興財閥で脱税などの罪で服役中のミハイル・ホドルコフスキーの人となりを見極めるため彼と公開で書簡を交わしたこともある。二〇一一年には、女性の役割と形象に貢献したとの理由でフランスの「シモーヌ・

ド・ボーヴォワール賞」を受賞。

同年十二月の下院選後、選挙が不正におこなわれたのではないかという強い疑惑のもと、不正や欺瞞のはびこる強権的な体制を変えようと全国規模の市民運動が巻き起こったが、ウリツカヤは酷寒のなか作家のボリス・アクーニンやドミートリイ・ブィコフらとともに何万人という人々の前に立ち公正な選挙を訴えた。「一九六八年にソ連軍がプラハに侵攻したとき、赤の広場のデモに出たのはたった七人だったが、今や私たちは七人ではない。これはとても重要な兆しだ」と語るウリツカヤには、ソ連時代に後戻りすることは絶対許さないという強い決意があるようだ。

今やロシアのリベラルな市民の良心となり精神的支柱となっているリューシャ（ウリツカヤ）に、最大級の敬意と支持、そして心からの愛と感謝を送りたい。

最後に、原文の疑問箇所について丁寧に答えてくださったエカテリーナ・グートワさんにお礼を申し上げげる。出版に際してお世話になった新潮社出版部の斎藤暁子さんと校閲部の井上孝夫さんにもお礼を申し上げたい。ありがとうございました。

二〇一二年四月二十二日

沼野恭子

Сквозная линия

Людмила Улицкая

---

# 女《おんな》が嘘《うそ》をつくとき

著 者
リュドミラ・ウリツカヤ
訳 者
沼野恭子
発 行
2012年5月30日

発行者　佐藤隆信
発行所　株式会社新潮社
〒162-8711 東京都新宿区矢来町71
電話 編集部 03-3266-5411
読者係 03-3266-5111
http://www.shinchosha.co.jp

印刷所
株式会社精興社
製本所
株式会社大進堂

乱丁・落丁本は、ご面倒ですが小社読者係宛お送り下さい。
送料小社負担にてお取替えいたします。
価格はカバーに表示してあります。

ISBN978-4-10-590095-3 C0397

# 通訳ダニエル・シュタイン 上・下

Даниэль Штайн, переводчик
Людмила Улицкая

リュドミラ・ウリツカヤ
前田和泉訳

ユダヤ人でありながらゲシュタポでナチスの通訳になり、ユダヤ人脱走計画を成功させた若者は、戦後、神父となってイスラエルへ渡った——惜しみない愛と寛容の精神で、あらゆる人種と宗教の共存のために闘った激動の生涯。

CREST BOOKS